LOS
SECRETOS DEL
CONDE

Ferrufino, Vanny
    Los secretos del conde- 1a ed.
    2019
    296 pag. ; 15.24x22.86 cm

    ISBN:978-1798236482

Los secretos del conde.

ISBN: 978-1798236482

Edición: Jennifer Mijangos

"A veces, en el amor hay que ser imperfectos para ser perfectos."

Agradecimientos

A todos ustedes, que pacientemente aguardaron por la siguiente entrega de esta serie y la recibieron con emoción.

A mis amigas, que siempre están en las buenas y en las malas apoyándome y brindándome el entusiasmo para continuar.

PD: Lord Marcus Woodgate, conde de Hamilton pertenece a S. Z.

Prólogo

Surrey, *1828*.

Bonnie Stone, hija de los barones de Churston y miembro de una familia muy bien acomodada económicamente que ahora requería de una mejor posición social, sabía que era de muy mal gusto espiar al abogado de su padre, quien cuando era sólo un joven fue su protegido al que ayudó a acomodarse socialmente como un buen profesional a pesar de su corta edad de veinticinco años.

A decir verdad, por ahora sólo era el ayudante del abogado de su padre.

Benjamin Stone no estaba y Marcus Woodgate estaba aprovechando del día soleado para descansar en el agradable césped del jardín de su casa. Se quedaría todo ese verano con ellos y Bonnie no sabía cómo acercarse a él. Le gustaba, Marcus tenía algo que alteraba todos sus sentidos y la convertía en una niña tonta e incapaz de articular dos palabras frente a él.

Era alto, de cabello oscuro y piel bronceada, sus rasgos no eran fuertes ni mucho menos amenazadores, en él se podía apreciar a un hombre bueno y lleno de amabilidad; por lo que cada día estaba más convencida de que ese caballero sería su punto débil por la eternidad.

Era perfecto para ella y a pesar de que en dos años sería presentada en sociedad, no podría casarse con él porque para su padre —por más que apreciara a Marcus— no era el indicado porque carecía del título que todos en su casa querían —menos ella— que consiguiera para poder escalar un peldaño socialmente.

Era un poco injusto, pero comprendía a la despiadada sociedad; no importaba cuánto dinero tuvieras, sino eras par del reino no tenías valor alguno dentro de la nobleza. Para esa gente sin escrúpulos, su padre era un don nadie porque toda su fortuna se la ganó trabajando como comerciante antes de heredar el título en su juventud.

Las cosas estaban claras para Bonnie: hasta que ella no consiguiera un buen matrimonio, nadie tomaría en serio a Benjamin Stone.

Esperaba, de todo corazón, que hasta el día de su presentación el amargado y despiadado conde de Hamilton abandonara este mundo. Ese ser era lo peor que su padre pudo llegar a conocer y para lamento de Marcus era su tío; no obstante, no todo era tan malo, pues el hombre no tenía un heredero y una vez muerto, el título pasaría a ser únicamente de Marcus, algo que a ella podía generarle un poco de esperanza.

No todo estaba perdido.

Aún existía la oportunidad de tener una vida junto a él; sin embargo, su verdadero problema radicaba en que no sabía a ciencia cierta cuando moriría el conde de Hamilton. Su madre, Aurora Stone, garantizaba que se casaría en su primera temporada, puesto que para su desgracia, Bonnie era muy hermosa y contaba con una dote bastante atractiva que podría conseguir muchos pretendientes que aspiraran a adueñarse de la misma.

Quiso ponerse a llorar allí mismo.

Marcus la apreciaba y lo sabía, pero no había nada que indicara que sintiera una atracción física hacia ella. No podía culparlo, sólo tenía dieciséis años y su cuerpo no tenía curva alguna, era delgada; una ventaja según su madre porque se la consideraría una beldad, y una desventaja según ella, dado que había escuchado una conversación entre Hamilton y el abogado con el que trabajaba respecto a lo sabroso que podría ser tener una mujer con curvas bajo sus cuidados.

Debía confesar que no los entendió del todo bien; pero sabía de sobra que ella no tenía curvas y si no las obtenía en los años que le quedaban hasta su presentación, Marcus no querría cuidar de ella.

Todo aquello le resultaba tan frustrante que quería contárselo a alguien para que pudiera darle una serie de consejos y respuestas. Era una lástima que su hermano estuviera por su tour por Europa y sus padres no fueran los mejores oyentes que podría llegar a tener. Estaba sola y sola tendría que contestar sus propias preguntas, como también recibir sus propios consejos.

Nada podría salir mal, ¿verdad?

Esperando por más de una hora que Marcus se despertara, para generar un casual encuentro, arrugó el entrecejo al ver que el hombre no se movía ni un ápice. Era extraño, ¿quién se dormía en medio de la nada donde los lobos pudieran atacarlo?

Bueno… quizás no lobos, pero sí hormigas hambrientas.

Gruñona y cansada de esperarlo, avanzó hacia el atractivo cuerpo con determinación. Al ver que efectivamente estaba dormido, su ceño se suavizó y muy cuidadosamente terminó de acercarse al cuerpo laxo que dormía en el césped.

—¿Marcus? —inquirió con delicadeza, en ellos existía una gran confianza y para Bonnie ya era normal llamarlo por su nombre.

Él no se movió.

—¿Marcus? —Traviesamente, le dio un suave toque con la punta del escarpín en la costilla.

La sonrisa se le borró y rápidamente se arrodilló junto a él; inclinó la cabeza para poder verificar que estuviera respirando —*sí, siempre solía dramatizar todo*—. Sus bucles dorados acariciaron la mejilla masculina y los retiró de sopetón con la respiración entrecortada.

—Marcus —volvió a susurrar, sin alejarse de él y su fragancia masculina inundó sus fosas nasales. Incapaz de sostenerse, posó una mano en el pecho masculino e inspiró su olor. No se apartaría, ese momento era tan mágico que estaba segura que jamás tendría uno igual.

Armándose de valor, giró levemente el rostro hasta encontrarse con los finos rasgos del pelinegro. Sus espesas cejas estaban rectas y quietas, algo poco común, pues él tenía la manía de juguetear con ellas cada vez que hablaba. Sus pómulos altos y cubiertos por una barba incipiente estaban pálidos. Miró sus labios y tragó con fuerza, estaban pegados en una fina línea y el suave color rosa delataba su suavidad.

Era hermoso.

Sus osadas manos acariciaron la pálida mejilla y rozó la punta de sus narices con parsimonia. Estaba caliente y relajado, ¿estaría igual si despertara y la viera casi encima de él?

Lo más probable era que no.

Estaban a una distancia razonable de su casa, su madre jamás se enteraría de nada y ese era el único momento a solas que tendría con él ese verano, por lo que no saldría huyendo; al menos no hasta que él despertara.

—Marcus... —volvió a llamarlo con suavidad, manteniendo los labios a menos de un centímetro de distancia de los de él—. Lo siento —musitó con un hilo de voz y lo besó.

Sus bocas se juntaron y Bonnie gimió deleitada, inexpertamente acarició los labios llenos con los suyos y poco a poco fue ganando distancia. Antes de que pudiera soltarlos, una presión en su nuca la hizo jadear y abrió los ojos, sorprendida, entrando en pánico al encontrarse con la oscura mirada de Marcus sobre ella.

Antes de que pudiera excusarse o decirle cualquier mentira, su boca fue sellada por la suya, dejándola aturdida. Incapaz de moverse, ahora por la conmoción, Bonnie parpadeó varias veces escuchando los gemidos ahogados de Marcus.

La estaba besando y...

—¡Ah! —chilló cuando la hizo rodar, hasta dejarla boca arriba sobre el césped—. Mmm... —gimió al sentir la ruda invasión de su lengua y juntó cerró los ojos entre asustada y excitada.

Su primer beso estaba siendo tomado por el hombre que deseaba, por lo que olvidó sus prejuicios y se concentró en hacer un buen trabajo para que él también disfrutara. Pronto cumpliría diecisiete, no era una niña ignorante, podía desempeñar un buen papel en un beso pasional.

—Ah… —Se arqueó al sentir un golpe en su pelvis y buscó con la mirada, respirando con dificultad. Era Marcus, quien se mecía sobre ella y generaba un agradable roce entre sus cuerpos—. Ma… —le cubrió la boca con una mano y no la miró, tenía los ojos cerrados, como si le doliera verla en esa situación.

Con sus manos buscó liberar su boca, pero él la acalló con otro beso voraz. Lo abrazó por el cuello, dejándose hacer todo con él. Se aferró a sus hombros cuando la forzó a separar las piernas y con los latidos desbocados sintió la mano masculina sobre su muslo derecho, apretando la tierna piel con una fuerza desmedida que le generaba todo un estremecimiento en su centro palpitante.

Mordió el labio inferior que apresaba los suyos y él gruñó, adolorido, liberando sus labios. La fulminó con la mirada y Bonnie, quien adoraba toda la situación, hizo una mueca de dolor ante la mano que presionaba su muslo.

Él la soltó de golpe, ganando distancia, y se preocupó al verlo tan pálido y asustado.

¿Qué le sucedía?

—Ma…

—¡¿Marcus?!

El pánico la invadió, ¡su padre no llegaría hasta mañana a primera hora!

Sin esperar a que le dijera algo, Bonnie se puso de pie y salió huyendo lo más lejos posible para que su padre no la viera en aquel estado tan desastroso. No se volvió para mirarlo, no necesitaba su arrepentimiento, estaba lo suficientemente feliz como para sentirse triste por lo que hicieron.

Dios santo… ¡¿qué demonios fue todo aquello?!

Capítulo 1

Londres, enero de 1830

En menos de dos semanas sería presentada en sociedad y Bonnie debería sentirse feliz y ansiosa, ¿verdad?

Pero no… no lo estaba y dudaba poder estarlo en un futuro.

Desde aquella tarde —hace dos años— en la que Marcus y ella compartieron un beso en el jardín de su casa, él no había vuelto a dirigirle la palabra más que para un simple y formal saludo que no hizo más que helarle la sangre y las esperanzas.

Todo estaba acabado pese a que efectivamente él había heredado el condado de su tío hace unos meses. No había forma que sintiera deseo alguno de ser su esposa, su indiferencia le había herido cada minuto de esos horribles dos años en los que lejos de salirle lindas curvas, sus rasgos se hicieron más hermosos.

Gruñó.

Ella no quería un rostro angelical, quería las curvas que Marcus anhelaba en una mujer.

Cuando lord Hamilton, como debería llamarlo ahora en vez de sir Woodgate, venía a su casa, Bonnie evitaba toparse con él para no tener que ser víctima de sus fríos y distantes ojos oscuros. A esas alturas del juego Hamilton ya debería saber lo mucho que lo ambicionaba, por lo que su rechazo era incluso más humillante para ella.

—Cariño —Su madre ingresó a su alcoba sin tocar y, sin muchas ganas de suspender su lectura, alzó la mirada.

—¿Madre?

—Tu padre quiere verte.

Cerró el libro.

—Como usted desee.

Se puso de pie y sin mirarse al espejo, dado que según las personas que vivían en esa casa no hacía falta, porque siempre lucía hermosa, se dirigió al piso inferior. Ella sabía que su vestimenta en ese momento no era la mejor, llevaba un simple vestido de algodón y un improvisado recogido hecho justamente para que no le presionara el cráneo mientras disfrutaba de su lectura.

Se posicionó junto a la gran puerta de roble fino y con los delicados nudillos dio dos suaves toques. Se miró las manos desnudas, ceñuda, no se había puesto los guantes. Alzó un hombro como sinónimo de encogimiento. No tenían visitas así que eso era lo de menos.

—Adelante —Se escuchó del otro lado de la puerta y ganando un poco de aire, dado que sospechaba que hablarían de los posibles candidatos para futuro esposo, ingresó.

La sombra de dos grandes hombres se alzó gracias al fuego de la chimenea y Bonnie alzó el rostro, confundida, para buscar al segundo hombre que estaba en el despacho de su padre.

Por inercia y sin siquiera quererlo, dio un paso hacia atrás.

—Entra, cariño —pidió su padre con una cálida sonrisa en el rostro y, tragando con fuerza, obedeció—. Como ya sabes, Marcus heredó el condado de su difunto tío por lo que ahora debes llamarlo lord Hamilton.

Hizo una venía.

—Mis condolencias, milord. —No conectó sus miradas y se dirigió a su padre—. ¿Desea verme?

—En efecto. —Asintió el hombre de avanzada edad y Bonnie apretó los labios cuando Hamilton retiró la silla que estaba junto a la suya para que tomara asiento frente a su padre. Su expresión sombría volvió a herirla en silencio. Si alguien le hubiera dicho que él la odiaría después del beso; no se habría sentido tan feliz durante tres horas completas—. Siéntate, cariño. Hamilton y yo tenemos algo que decirte.

Tratando de esconder sus manos desnudas —era una suerte que su vestido fuera manga larga—, se sentó en su respectivo lugar y ambos hombres hicieron lo mismo.

Hamilton, al igual que ella, evitaba conectar sus miradas y eso la inquietaba de sobremanera, algo no andaba bien. No era como si el conde fuera un cobarde, en todos sus encuentros había dejado claro su desagrado y no exactamente porque hubiera retirado la mirada, sino porque la miraba con tal fijeza que en más de tres ocasiones se le había erizado la piel.

—¿Recuerdas que hace dos noches hablamos de tu futuro en cuanto al matrimonio? —inquirió su padre e hizo una mueca, mirando de soslayo a Hamilton, quien permanecía tan tenso como de costumbre cada vez que ella estaba cerca.

—No creo que sea el momento indicado para hablar de aquello, padre. Lord Hamilton no tiene por qué saber de nuestras conversaciones familiares. —Además, esa conversación la tenían cada noche desde que habían llegado a Londres.

—Al contrario, cariño —espetó, endureciendo levemente su semblante—. Como sabes el anterior conde era un jugador de primera, Marcus está en serios problemas económicos y he decidido cederle tu mano para que pueda solucionarlos. Van a casarse, pronto será de la familia y él más que nadie deberá de saber respecto a nuestras conversaciones.

¿Cómo? ¿Había escuchado bien? ¿Iba a casarse con el amor de su vida sólo porque él necesitaba su dote y su padre veía beneficioso el acuerdo? Vaya… el poder que tenían cincuenta mil libras era bastante peligroso.

Pocas veces solía perder el control sobre sí misma, por lo que no supo en qué momento empezó a respirar pesadamente con la visión cristalizada.

—Dijiste... —musitó con un hilo de voz— que podría elegir.

—Es Marcus, ¿acaso no deseas un matrimonio con él?

Se mordió el labio inferior con impotencia. Debió sospechar que su padre sabría respecto a su amor por Marcus, pero incluso así, por más que ella lo amase, él no sentía nada por ella y eso sería condenarse a una vida llena de sufrimiento.

—No, no quiero —confesó quedamente, provocando que su padre sellara los labios en una fina línea.

—¿Puedo saber el por qué? —farfulló y Bonnie ladeó la cabeza en modo de negación.

Benjamin era un buen hombre, pocas veces lo vio molesto y esperaba que esa no fuera la primera vez que ella provocara tal estado anímico en él. No obstante, tuvo que encogerse cuando se puso de pie con enojo, dispuesto a continuar.

Un carraspeo hizo que ambos aguardaran y dirigieran la mirada hacia el conde, quien ahora sonreía relajadamente mirando a su padre. Sólo a su padre, nunca a ella.

—Quedamos en que la cortejaría primero, querido Churston.

No podía creer que Marcus, el hombre que ella adoró por años, estuviera dispuesto a casarse con ella sólo por su dinero. ¿De verdad cumpliría el capricho de su padre de casarla con un noble?, ¿qué tanto era lo que debía que la situación lo llevó a conformarse con ella, una mujer que llevaba detestando desde hace dos años?

¡¿Cómo demonios pretendía cortejarla si odiaba besarla y mirarla?! ¿No era por eso que su amistad se rompió?

—No, padre —Se puso de pie, exaltada, al darse cuenta de lo malo que sería cuadrar ese matrimonio con esos términos—. No puedo casarme con Marcus, no quiero hacerlo. Píenselo, nunca hubo interés alguno después de años de amistad, no puede casarnos ahora.

Claramente, su padre no tenía la menor idea del beso que compartieron en Surrey años atrás.

—¿Podría hablar con ella a solas?

Se volvió hacia Marcus, enfrentándolo con la mirada.

Ellos no tenían nada de qué hablar y menos a solas. Si bien ahora parecía ser un hombre con mucho autocontrol —dado que el día del beso mostró todo menos eso—, no quería quedarse a solas con él. No era una mujer que tuviera mucho autocontrol y como su sentido común salía de paseo cada vez que veía al conde, lo mejor sería mantenerse prevenida.

—Les daré todo el tiempo que necesiten y luego irán al comedor, la cena estará lista dentro de poco.

Genial... cenaría en su casa, ¿de verdad? ¿Por qué tenía que pasarle toda esa farsa justo ahora cuando se había hecho la idea de que Marcus nunca sería para ella?

Su padre se retiró del despacho, dejándola totalmente sola junto al hombre que le arrebataba los sentidos y, tratando de mostrar la mayor naturalidad posible, regresó a su lugar con las manos sobre su regazo.

—¿De qué quieres hablar?

—Sabes que tampoco quiero esto.

No había un «cásate conmigo» o un «quieres ser mi esposa». Todo era un simple y rotundo «sabes que tampoco quiero esto». La rabia la invadió y se puso de pie, provocando que la silla chillara, y caminó de un lugar a otro por la estancia.

Era un falso, un hombre sin escrúpulos. Nadie en su sano juicio le diría eso a la mujer que pretendía desposar para quedarse con su dinero.

No... una persona honesta dejaría los puntos sobre la mesa.

Lo odió aún más por eso.

—Pero tu padre quiere casarnos —soltó en un suspiro agotado, como si estuviera viviendo un infierno en ese preciso momento, y paró en seco.

Ahora él estaba de pie, aguardando que dejara de moverse de un lugar a otro para poder continuar. Alzó la barbilla para no exteriorizar lo humillada que se sentía ante aquella situación.

—¿Te interesa compartir toda una vida conmigo? —quiso saber, le urgía conocer sus pensamientos respecto a toda esa farsa.

Marcus clavó sus oscuros ojos en ella, sorprendido. No había esperado aquella pregunta y ahora no tenía una respuesta planificada, por lo que se dio varios segundos para pensar.

No negaría que era un buen partido: era un noble, lo que sus padres querían; un amigo familiar, alguien en quien todos podían confiar; sin embargo, era su primer amor y toda su indiferencia le dolía a creces.

Lo amaba y que una deuda lo trajera hacia ella era... Demoledor para su confianza. Ella daría lo que fuera porque él quisiera casarse con ella por amor y no por sus cincuenta mil libras de dote. Sin embargo, según los antecedentes de su relación, lo más lindo que tenía según Marcus Woodgate era su fortuna.

—No lo sé —confesó arrastrando sus palabras y observándola con fijeza. Sus ojos no perdieron el tiempo y la escudriñaron de pies a cabeza, generándole un hormigueo en el vientre bajo. Sus hombros se tensaron y volvió a mirarla a los ojos con seriedad.

¿Por qué?

Marcus no tenía la menor idea de cuanto lo extrañaba, pues si la tuviera sólo sentiría pena por ella.

Sabía que era hermosa, pero lo que no sabía era qué pensaba él de ella y era lo único que le importaba de verdad; conocer qué pasaba por la cabeza del conde cada vez que la miraba. Si tan sólo nunca lo hubiera besado... desde aquel día la muralla que Marcus construyó entre ellos fue imposible de sobrepasar. Más cuando empezó a frecuentar Escocia por sus nuevas amistades.

—No es una respuesta válida —respondió con dureza—. Quizás, ahora, después de dos años de castigo; seas capaz de decirme lo que realmente te está sucediendo. —Sentía la mandíbula tan tensa que apenas y podía hablar, no obstante, todo aquello era necesario.

Respingó, pero se recompuso de una manera tan rápida que por un instante dudó de que lo hubiera hecho. ¿Desde cuándo se volvió un experto en esconder sus emociones?

—No fue un castigo —aclaró sin expresión alguna en el rostro—, fue lo mejor para los dos.

—Per...

—No hablaré de ese tema —sentenció—. Te explicaré la situación si es lo que deseas: mi tío me dejó con una deuda de veinte mil libras —Bonnie jadeó—, mi intención nunca fue buscar a tu padre para que te sometiera a un matrimonio por conveniencia conmigo; es más, fue él quien me buscó ofreciéndome ayuda.

—Y estás tan necesitado que te resignaste con la insignificante hija de un barón, ¿verdad? —preguntó desapasionadamente y él retiró la mirada.

—Eres preciosa, serás un éxito en cualquier salón de baile que visites. Siempre te lo dije, y siempre te lo diré. Eres una mujer divertida, inteligente y…

—¿Quieres casarte conmigo o necesitas casarte conmigo? —cortó su discurso de media hora que estaba destinado a endulzar sus oídos. Estaba apuntando a su dote, ¿por qué ser tan hipócrita y hablarle de sus virtudes?

Al verlo suspirar, empuñó sus manos.

—Siempre seré sincero contigo, Bonnie —la llamó por su nombre de pila, provocando una sacudida en todo su interior—. Por lo que tienes razón: necesito hacerlo.

Sus miradas se encontraron. Estaban cerca, eran pocos pasos los que los separaban, pero Bonnie lo sentía tan distante que los ojos le picaron.

—¿Por qué me odias? —Quiso saber.

—No te odio —le respondió sin titubear y emprendió una marcha hacia él, agradeciendo que no retrocediera.

—Pruébamelo —musitó y Marcus arrugó el entrecejo.

—¿Cómo?

Le dio la respuesta, sin necesidad de usar palabra alguna.

Primero acunó sus mejillas, después se puso de puntillas y por último unió sus labios con vivacidad. Si iban a casarse —porque no estaba segura de poder quitarle su ayuda—, al menos quería saber si él no huiría al primer beso.

Sin mucha experiencia, acarició los labios masculinos con su lengua para que los abriera. Quería que la besara, que le diera un indicio de que realmente deseaba algo con ella; ya sea por mero placer o afecto sentimental.

Lo sintió tensarse y armándose de valor arrimó su pelvis contra la suya, declarándose como victoriosa con un jadeó sorprendido al sentir su espalda contra la fría pared del despacho de su padre. Lanzó un gemido lastimero y eso pareció prenderlo todavía más, porque su lengua arremetió contra la suya haciéndola suspirar de placer.

La estaba besando… y lejos de odiarlo él parecía disfrutar del momento, estaba tenso pero ansioso, sus manos descendían por su cadera, dirigiéndose hacia su centro palpitante. Se arqueó, percatándose de que la tela de su falda estaba siendo elevada, y siguió la orden de sus manos que dictaban que saltase hacia él para abrazarlo con las piernas por la cadera.

—Ah… —suspiró sobre sus labios, meciéndose sobre la dureza de su cuerpo y Marcus volvió a apresarlos con mayor dureza—. Mar… —la calló, y esta vez sus dientes castigaban en su interior por intentar romper el beso.

Dios santo, antes pensó que su primer beso había sido el mejor, pero ese… los pechos le picaron, haciéndola sentir promiscua, y lo abrazó por el cuello, respondiéndole a sus besos con fervor.

Él gruñó, como si ese gesto no le gustase del todo.

—¡Ah! —Se encogió, observando las manos que apretaban sus pequeños pechos con saña, y tenso aflojó un poco su agarre.

No, ¡a ella le gustaba así!

Su pelvis empezó a golpearla en un ritmo bastante agradable, humedeciendo sus interiores y confundida ladeó la cabeza.

—Marcus... —gimoteó, concentrada en sus pelvis y él ahogó un gemido y dejó de besar su cuello. La miró con severidad y sin decirle nada afianzó su agarre provocando que sus pelvis se encajaran.

Lloriqueó, y todo por placer. Era un roce inquietante, pero incluso así lo quería más íntimo.

—No vuelvas a hacer algo así —le ordenó con dureza, rozando sus intimidades—. No tienes... —siseó con los dientes apretados— idea de lo que puedes despertar.

Si hubiera sabido que con sólo besarlo obtendría esa respuesta, lo habría hecho hace mucho.

—Mmm… —jadeó dolorida, aferrándose a la cabellera oscura—. Si… nos casamos —tragó con fuerza—, jamás tendrás una amante, ¿verdad?

Ella podía darle todo lo que quisiera, no le importaba que fuera un poco brusco en sus besos, los adoraba; amaba todo de Marcus, tanto sus defectos como sus virtudes.

El contacto se rompió en el instante, dejándola fría y abandonada, y todo rastro de placer e ilusión se esfumó al ver el rostro horrorizado de su primer amor.

No pensaba serle fiel, la respetaría en su casa, pero amaría a otra en su lecho condenándola a una vida llena de desdicha.

—Bonnie... Tú y yo somos amigos.

—Sal de mi casa —soltó con un hilo de voz, sin mirarlo.

Era una mujer de corazón noble, pero no una estúpida. Marcus la estaba utilizando y su padre tenía que comprender —esperaba— que no podía casarse con él si no era por amor. Entendía que si Benjamin lo deseaba podía obligarla, pero también tenía la fe de que Marcus no lo permitiría.

—¿Cómo? —preguntó perplejo, tan pálido como una hoja.

Ese fue el día que terminó rompiendo su amistad con Marcus Woodgate, el nuevo conde de Hamilton, porque terminó sacándolo de su casa casi a patadas, gritándole en la cara que se buscara otra a quien robar y engañar, dado que para eso; ella no estaba en el mercado matrimonial.

Aguardaría unas semanas, él tenía que reaccionar y replantearse las cosas. Estaba claro que se deseaban, es decir… nadie en su sano juicio besaría a una mujer que no deseara como Marcus la besó a ella.

Capítulo 2

Era la sensación de la velada, la más hermosa y rica de la noche; según las amigas de su madre toda una beldad. No obstante, Bonnie quería ponerse a llorar de la impotencia.

Marcus no había vuelto a su casa y le había insinuado a su padre que no tenía interés alguno en casarse con ella dado que había dejado más que claro su desagrado en cuanto a la idea de un posible matrimonio por conveniencia.

No debió faltarle al respeto, pero en el momento que lo sacó de su casa no pensó las cosas con claridad, por un instante creyó que él volvería después de unos días y buscaría hablar con ella para negociar el tema de su matrimonio; sin embargo, al parecer le salía mejor buscarse otra damita dispuesta a casarse con él y cederle veinte mil libras de su dote.

Olvida a Marcus y busca un buen marido.

Le había dicho su padre antes de salir de la casa dado que fue ella la que echó todo a perder. Benjamin intentó por todos sus medios convencer a Marcus para consolidar otra reunión, pero el conde se había negado alegando que estaba conversando con sus acreedores; en este caso, el duque de Beaufort, el dueño del club Triunfo o derrota —donde el tío de Marcus se endeudó hasta los huesos—, quien había dado su palabra de que esa verdad no saldría a la luz y que ni su sombra estaría al tanto de las deudas de Hamilton.

—Estás en problemas —dijo Janette Morrison, la hija de los condes de Warwick, una solterona consagrada de veintiséis años carente de fortuna, belleza y suerte amorosa. En ese momento hacía de su carabina y todo porque Oswin, su adorado hermano mayor, le había pedido a su mejor amiga que le echara un ojo mientras se entretenía en la sala de juegos—. Es toda una sensación, un soltero codiciado.

Se volvió hacia la pelinegra de mirada color esmeralda, labios finos y rostro bastante corriente para ser hija de unos condes muy reconocidos. Su vestido como siempre era bastante grande para su delgada figura, por no hablar del catastrófico color durazno que no le sentaba del todo bien al horrendo modelo de la prenda.

—Como todos los hombres del salón —respondió ceñuda y Janette se rio con diversión.

—Pero no todos en el salón son tan atractivos como él, cariño, por lo que lo hace un premio mayor.

Asintió.

No lo había pensado desde esa perspectiva.

—No debí rechazarlo, ¿verdad? —musitó con nerviosismo y la pelinegra la observó, pensativa.

—No lo sé, porque si lo hubieras aceptado, en un futuro podrías haberte preguntado: «no debí aceptarlo, ¿verdad?» Supongo que las dudas siempre estarán en una; pero ya pasó, Bonnie, y si no usas la cabeza te quitarán al conde en un abrir y cerrar de ojos.

Odiaba que Janette conociera su desdicha, pero el odioso de Oswin se lo había contado todo y ahora miraba al conde como si fuera ella la que quisiera cazarlo. Su hermano y Hamilton compartían edades, por lo que según Oswin, un hombre de su edad, mentalidad y rango: estaría muy molesto por su actitud tan impropia y vulgar. No obstante, Janette le había dicho que no siempre era así, puesto que ella había lanzado a su hermano a una fuerte en su debut y como resultado habían terminado generando una buena amistad.

—Es tu decisión, lo que tú quieras que pase sucederá —musitó la pelinegra, abanicándose con destreza y Bonnie suspiró.

¿Sería eso verdad?

Es decir, ¿Janette era apta para darle ese consejo?, ¿no era ella la que vivía como una solterona desdichada?

—No lo sé, he de confesar que Marcus es un misterio. Lleva años siendo indiferente y ahora… —después del beso que compartieron—, simplemente se alejó todavía más.

—Ve el lado positivo: sigues siendo rica y él pobre, eres su única salvación.

Evitó rodar los ojos en público. No le hallaba el lado positivo porque en ninguna parte decía que él llegaría a amarla.

—¿Crees que alguien quiera casarse con él de buenas a primeras? —inquirió con desgana.

—No lo sé —respondió llanamente—. Nadie sabe de su crisis económica y no tienen por qué saberlo. Cuando se case la fortuna de su mujer será suya y no es como si tuviera que rendir cuentas en cuanto a lo que haga con ella.

Tenía todas las de perder y todo por ser una cobarde, por no creerse capaz de conquistarlo. Vio que salía por la terraza del salón y lanzó un lamento silencioso. No le había pedido danzar una pieza y la había ignorado toda la noche como si no existiera en aquel mundo.

—Odio su rechazo —confesó y Janette no le respondió.

Lo único bueno de estar junto a la amiga de su hermano era que ningún hombre se acercaría porque no era como si Janette fuera una compañía muy agradable para los caballeros.

—¿Debería seguirlo? —inquirió con un poco de nerviosismo, era consciente que salir sola al jardín estaba prohibido, pero…

—No. —Conectó sus miradas—. Nunca sigas a un hombre cuando sale al jardín, lo único que conseguirás es ver algo que te marcará de por vida.

—¿Por qué lo dices? —Se asustó, la seriedad en sus ojos era inquietante.

—Bonnie —la tercera voz hizo que ambas giraran sobre su lugar y ahogó una maldición al ver a su hermano con otro hombre junto a él—. Quiero presentarte a alguien.

Y esa absurda presentación terminó en un vals que le generó grandes dolores de pie porque su compañero no resultó ser un buen bailarín y estaba demasiado nervioso como para coordinar sus pasos. Buscó a Oswin con la mirada y cuando lo vio a lo lejos, lo comprendió todo, necesitaba hablar de algo con Janette y fue por eso que se encargó de separarlas unos minutos.

Para cuando la pieza de baile terminó, se volvió a reunir con su amiga mientras su hermano se retiraba hacia el jardín por la misma puerta que había usado Marcus para salir.

Bebió un poco de limonada, impacientada al percatarse que Marcus se estaba tardando, y cuando por fin apareció en su campo de visión; las manos le temblaron con brusquedad.

La persona que había entrado antes de él era lady Lisa Stanton, hija de los marqueses de Winchester, y una soltera cuya exquisita dote podía opacar el hecho de que esa era su última temporada. La mujer era alta, de piel algo bronceada y cuerpo bastante curvilíneo.

Como a él le gustaba.

Sólo una reunión fortuita en el jardín podía explicar el hecho de que ahora caminara hacia la morena con una sonrisa radiante en el rostro y le solicitara un vals de manera bastante galante, con un brillo especial en los ojos.

Un brillo que nunca existió para ella.

Retiró la mirada, viendo el conocimiento y la lástima en los ojos de Janette.

—Quiero irme —soltó con un hilo de voz y la dama asintió.

—Vamos por tus padres en lo que tu hermano regresa.

Lo mejor sería evitar la dolorosa imagen del hombre, que quiso como suyo, enamorado de otra mujer.

***

—Si me preguntan, yo iría por lord Blandes —espetó su hermano, captando la atención de su madre y Janette—. Es un duque, es apuesto y…

—Es malditamente rico por lo que no le urge buscar una esposa —completó la morena, descartando su idea.

—Pero bailó con Bonnie, llamó su atención, podría hacerle cambiar de parecer.

—No lo sé, hijo, no creo que sea muy buena idea aspirar a los mejores partidos, ¿qué tal el marqués de Carisbrooke?

Se tensó bruscamente, y gracias a los cielos su hermano contestó por ella.

—Tiene cincuenta años, mamá, mi hermana puede conseguir algo mucho mejor.

Janette asintió y Bonnie bebió un poco de su té, angustiada. Estaba claro que a su madre le daba igual si a ella le gustaba o no su futuro esposo, sólo quería un título y lo quería ya.

—Lord Windsor —musitó su amiga, captando la atención de todos—. Regresó a Londres hace poco, ayer sólo lo vio unos minutos en el salón de baile pero estaba allí. Recuerden que está envuelto en un escándalo, él dejó a lady Stanton a tan solo unos días de su boda para irse a Boston.

Lady Stanton… la mujer con la que ella había visto a Marcus muy ilusionado.

—Lady Stanton —repitió la gruesa voz de su padre, quién acababa de llegar después de estar todo el día fuera. Todos se volvieron hacia él.

—¿La conoces, cariño? —preguntó su madre, indiferente, y los ojos color cielo de su padre cayeron sobre ella.

Pudo oír la respuesta sin que la dijera.

—Marcus pedirá su mano en matrimonio. No sé cómo, pero el chico cayó rendido ante los encantos de la hija de los marqueses.

—¡Todo es tu culpa, Bonnie! —rugió su madre, poniéndose de pie, provocando que se encogiera—. Tú deber como buena hija era aceptar a Marcus; pero no, te la diste de chica lista y ahora acabamos de perder nuestra oportunidad de casarte con un buen hombre. ¿Qué haremos ahora? ¿Viste que hay más solteros viejos que jóvenes en el mercado matrimonial? ¡¿Es eso lo que quieres para ti?!

No, efectivamente había cometido un grave error al rechazarlo y todos en ese cuarto estaban de acuerdo con su madre. Otra oportunidad como Hamilton; no la tendrían.

—No seas tan dura con la niña, Aurora —ordenó su padre roncamente, tomando asiento frente a ella—. No todo está perdido, he oído por el club que Windsor vino por lady Stanton, así que si el duque se lo propone, tomará a la mujer antes de que Marcus pueda pedir su mano.

¿Y qué ganaría ella?

No necesitaba ser el consuelo de Hamilton, jamás podría tolerar verlo acabado por un amor no correspondido.

—Superemos a Marcus —sugirió Oswin, sabiamente—. Dejemos que las cosas fluyan para él, supongo que tarde o temprano saldrá algo a la luz. Es la primera temporada de Bonnie, madre, no podemos ser tan exigentes y pesimistas.

Aurora se derrumbó en el asiento y lanzó un suspiro acongojado.

—Él era perfecto para ella.

Quizás sí, pero si no era su destino no podría hacer nada para obtenerlo.

Su hermano tenía razón, su deber era esperar y ver como se daban las cosas entre lady Stanton y Marcus; tampoco era como si lord Windsor fuera capaz de romper un lazo sentimental sólo porque se le apetecía recuperar a la mujer que dejó plantada a tan sólo días de su boda.

Capítulo 3

No había pasado ni una semana desde que tuvo la oportunidad de llegar a lady Lisa, y Windsor ya se la había arrebatado de la manera más ruin que cualquier hombre pudiera conocer.

Habían acordado una cita clandestina para sellar su compromiso y que el duque no se metiera en su relación, y de alguna manera el hombre había evitado que él llegara al lugar y se había hecho pasar por él tomando así a la dama como suya.

Y ahora mismo la estaría reclamando.

La boda se organizó de manera rápida y familiar, obviamente Marcus no asistió porque la sola idea de ver a Windsor provocaba que quisiera ahorcarlo con sus propias manos. Lisa no lo quería, ella no quería casarse con el hombre que la condenó a la desgracia por años y ese descarado la había sometido de todas formas a un matrimonio no deseado sin pensar en la felicidad de ambos, en lo mucho que él había necesitado ese matrimonio y en lo mucho que Lisa quería que se llevara a cabo.

Llevaba un buen tiempo deseando a la mujer, sus curvas eran algo que siempre lo cautivaba por su exuberancia. Debía admitir que muchas damas inglesas carecían de curvas, eran rectas y sin volumen alguno, por lo que la descendencia italiana de la castaña era casi un milagro para sus ojos.

Sin embargo… ahora mismo Windsor la estaría poseyendo, la estaría reclamando como suya y por más que le doliese admitirlo: Lisa lo estaría disfrutando a creces, pues para nadie era un secreto que Windsor era uno de los peores libertinos de la ciudad; y por ende, estaría gozando plenamente en el lecho con su esposa.

Él no era un libertino, pero era un digno amante.

Con una sonrisa ladina acarició las sogas rodeadas de raso que había sacado de su caja fuerte y asintió. No se daría por vencido, Lisa le había dicho que le gustaba y él no descansaría hasta disfrutar del cuerpo voluptuoso de *esa* mujer.

La haría su amante, ellos merecían tener su encuentro carnal. Marcus estaba seguro que ella no se asustaría de sus preferencias; es más, era tan apasionada que las gozaría sin pena alguna.

Era una lástima que no tuviera dinero para recurrir a una cortesana, si bien tenía algunas viudas dispuestas a complacerlo, Marcus sabía que ninguna aceptaría sus juegos retorcidos, por lo que prefería evitarse una serie de problemas y simplemente embriagarse con su botella de whisky. Pronto tendría a Lisa, ella vendría con él, no amaba a Windsor y lo dejaría ni bien se le presentase la oportunidad.

Con ese pensamiento continuó con su copa, bebiendo sin reparo alguno dado que sus problemas económicos —unos que ni siquiera se buscó— seguían latentes, ¿qué haría si no llegaba a conseguir una heredera?

Terminaría en la cárcel de deudores.

Sin nada. Y solo.

Era injusto, él nunca aspiró al título de su tío.

Mentira.

Claro que lo ambicionó hace dos años, cuando había probado de primera mano los sabrosos labios de la hija de Benjamin.

Su cuerpo delgado y esbelto de estatura promedio era el tipo de cuerpo que jamás desearía, pero con ella… toda esa delicadeza y falta de curvas se le hacía tentadora. No obstante, Bonnie era la mujer que jamás podría someter a todo lo que quería y por ello nunca podría ser un buen marido para ella.

Ya lo había asimilado hace mucho.

Lisa y Bonnie eran dos mundos totalmente diferentes, pero la diferencia radicaba en que a lady Lisa podría poseerla sin remordimiento y seguro de que en un futuro amaría el juego. Sin embargo, con Bonnie era otro cantar, era tan frágil y pequeña que con sólo ver la fusta y sus cadenas se acobardaría.

Hubo un tiempo donde Marcus se consideró una persona normal, con gustos comunes hasta que un viaje a Escocia le hizo conocer a un curioso personaje que le enseñó muchas cosas que lo sacaron de su monótona vida y lo hicieron disfrutar de su día a día. Esa temporada el sexo no le complacía y todo porque no recibía el placer que realmente necesitaba. Hamilton necesitaba más y Caleb le enseñó lo que realmente había estado buscando.

Un placer muy diferente a los que todos estaban acostumbrados.

Adoraba someter a sus amantes, pero no en un sentido doloroso ni violento, sino en ese que las llevaba a la cima del goce cruzando la delgada línea que existía entre el dolor y el placer.

Sujetó el libro que solamente él conocía y lo hojeó, disfrutando en silencio las imágenes libidinosas que estaban en él. Hizo una mueca al ver el dibujo de la mujer con atención. No importaba cuantas veces se rehusara a hacerlo, siempre veía en ella a Bonnie.

Detestaba no poder tocarla, no poder poseerla; ella podría ser suya, dormir en su cama y ser únicamente para él; pero era imposible. No quería el odio de Bonnie, prefería desearla en silencio y usar todo su autocontrol para no tomar a la joven que se atrevió a robarle un beso mientras dormía.

¡Tan atrevida! ¡Tan hermosa! Y… tan prohibida.

Si no fuera porque Benjamin, el padre de la joven, era un gran amigo suyo, Marcus no estaría siendo tan considerado.

Bonnie lo quería, o al menos eso sentía; no obstante, no quería su rechazo ni mucho menos sus lágrimas si algún día llegaba a lastimarla.

Si se casara con ella, podría hacerle el amor de manera... Poco divertida; sí, pero tendría que buscar a otra para su placer y diversión porque Bonnie no se sometería a él ni aceptaría llevar unos cuantos azotes a cambio de un placer inolvidable.

Era una dama y él una bestia amante del poder en el acto sexual. Podía ser un caballero todo el día, pero ya en la cama era otra historia, era un hombre deseoso de nuevas experiencias y sensaciones.

Retiró esos pensamientos de su cabeza y meditó su situación. Jamás podría casarse con una mujer que no supiera aceptar sus gustos, con lady Lisa todo habría sido perfecto, era una mujer apasionada y despertaba a sus caricias, pero ella ahora era la duquesa de Windsor, por lo que tendría que conformarse con ocupar el lugar de su amante.

En cambio, con Bonnie, la dama que poseía la mejor dote de la temporada, todo era más difícil porque era la flor que él no quería herir. Sino más bien proteger.

Hojeando, y ojeando, las ilustraciones de su apreciado libro, Marcus sintió la necesidad de una mujer. Todo el alcohol ingerido no le había apagado el fuego en las venas y las cosas habían empeorado al pensar en Bonnie, pues ahora la deseaba a ella.

Se rio a carcajadas.

La muy insolente lo había rechazado después de besarlo como la más experimentada cortesana. Esa niña era una joya, la joya a la que él tendría que renunciar para no perder con sus errores. Si no tuviera tan buen corazón… la habría tomado el día que lo besó en el jardín de su casa. Esa época donde él apenas y estaba aprendiendo a controlar sus fuerzas para no herir a sus amantes, pues Caleb le había explicado que se necesitaba mucho autocontrol para poder conseguir que la mujer también disfrutara.

Un suave toque en el vidrio de su ventana lo hizo respingar y se puso de pie, aturdido y tambaleante, no estaba en óptimas condiciones para enfrentarse a un asaltante y era más de media noche por lo que sus criados serían lentos en caso de que decidiera llamarlos. La ventana se abrió y parpadeó varias veces al reconocer la silueta que lo tenía atormentado frente a él.

¿Sería un sueño?

—Marcus…

Sí, lo era. Bonnie no estaría en su casa a esa hora de la noche, mirándolo con esos ojitos de gatito abandonado.

—Dime qué puedo hacer para ayudarte a superar esto —pidió con congoja, confirmando todas sus sospechas. Estaba soñando y no tenía la más mínima intención de despertar.

Con un gesto de mano le pidió que avanzara y la rubia de figura esbelta así lo hizo, posicionándose junto a su asiento. Se veía tan real, que bebió un poco más de whisky para que ese efecto nunca desapareciera.

Sujetó la cálida mano y tiró de ella para sentarla en su regazo. Bonnie jadeó, llevándolo a sonreír ante el alarmado sonido y sin problema alguno le quitó la capa mientras ella lo miraba ojiplática.

—Mar...

—Calla —ordenó con dureza, o al menos eso creía él, y tiró la prenda lejos de ellos para proseguir a acariciar el largo cuello de su musa. El vestido tenía un escote de corazón, su favorito a la hora de crear un sendero de besos en la pálida piel de una amante—. Abre los botones —demandó, deseoso de verla desvestirse.

Ella se alarmó.

—¡No! —respondió, azorada, y por inercia la sujetó del mentón para que lo mirara a los ojos.

—¿No querías ayudarme?

¡Hasta sus sueños los hacía perfectos!

Ella tragó con fuerza y lentamente empezó a desabrochar los botones delanteros de su vestido.

—Estás bebido, deberías...

—Si no lo estuviera tú no estarías aquí y yo no estaría a punto de tocarte, así que guarda silencio.

Lo obedeció, otra razón para que su miembro se alegrara.

En lo que los botones se abrían, Marcus enterró el rostro entre la rendija de los senos y chupó ávidamente la clara piel hasta dejar una pequeña marca rojiza allí. Harto de su lentitud, de un tirón llevó la prenda hasta la altura de su cintura y sonrió al ver las hermosas areolas color rosa de su amante.

—Lamento lo de lady Stanton, yo…

Atacó la piel frágil y la mordió por su atrevimiento de hablar de otra mujer en ese momento tan inoportuno. Ella gritó y tenso abrió el cajón para sacar un pañuelo color carmesí.

—Ella no te merece —fue lo único que llegó a decir antes de que la amordazara. Al darse cuenta que no se quedaría quieta, la obligó a ponerse de pie y tambaleante tomó sus cadenas y la forzó a rodear el escritorio. Cuando tuvieron mayor espacio, la instó a que se arrodillara y le guio las manos hacia atrás. Se las encadenó, no añadió los pies porque era su Bonnie, y si bien era un sueño, él no sería capaz de llegar muy lejos con esa gloriosa alucinación.

Con sólo mitad del cuerpo descubierto, Marcus se deleitó de la vista y se arrodilló frente a ella para atacar los hermosos y pequeños senos. Ella se retorcía y trataba de gritar de placer, sus gemidos y la manera de arquearse le anunciaban que quería más. Lamió por última vez los pezones rosados y conectó sus miradas, efectivamente estaba deseosa de más y se lo imploraba con la mirada.

—Eres preciosa —susurró, acariciando las mejillas ardientes y clavó los labios en su cuello, empezando a marcarla como suya.

En ese momento todo era posible, ¿cuántas veces había soñado con marcarla como suya?

Quería besarla, pero no sería lo mismo tocar a esa mujer que a la verdadera, por lo que prefería ahorrarse el desconsuelo. Enterrando las manos entre los glúteos y las pantorrillas, de un tirón la forzó a terminar de trasero frente a él, con las piernas abiertas.

No levantó las faldas femeninas, sino más bien se infiltró entre ellas hasta llegar a los interiores y tirar de ellos sin compasión. Su olor a sexo y rosas lo embriagaron e inhalando con fuerza fue a por su objetivo sin tapujos.

El sabor tan real, el vibrar de su cuerpo y todo ese momento lo hacían temblar de placer. ¿De verdad el whisky tenía ese poder? Bueno… quizás empezaría a beberlo cada noche.

Escuchó sus gritos ahogados, confundido, y arremetió con más fuerza sobre el centro palpitante. Ella contoneó las caderas, permitiéndole alcanzar mayor proximidad y cuando la sintió tensarse alrededor de su lengua, la metió tanto como pudo y presionó con un dedo el duro botón logrando así, que ella se corriera en su boca.

Fue la gloria, su sabor lo dejó tan satisfecho que en el preciso momento que todo terminó, cayó rendido, dejándose invadir por la oscuridad.

***

Tumbada en el piso, con las manos encadenadas hacia atrás y amordazada, Bonnie se dio unos minutos para darle a su cuerpo un poco de paz después de la tempestad que Marcus provocó en ella.

No comprendía nada, ¿le había molestado su visita y por eso hizo eso? ¿Estaría molesto con ella por la ruptura con lady Lisa? No, eso era imposible, ella ni siquiera se había metido en la relación, por lo que no podía culparla de nada más que de respetar su decisión.

Cuando recibió la noticia de que lady Stanton se casaría con Windsor, no supo si sentirse feliz o angustiada; por una parte estaba contenta porque seguía teniendo la posibilidad de convertirse en la condesa de Marcus, pero por otra parte… él no se veía bien.

Nunca antes lo había visto borracho y todo era por causa de esa mujer, de la que ahora estaría con su marido, sirviéndole.

No comprendía por qué la había tratado así, pero tampoco tenía tiempo para quedarse y averiguarlo. Lentamente se alejó del cuerpo laxo del pelinegro y tragó con fuerza al observar los trozos de sus interiores. Se puso de pie, sin ayuda de las manos y se acercó al ventanal esperando que Janette siguiera haciéndole guardia.

Gracias a los santos la amiga de su hermano había aceptado ayudarla porque según ella su vida carecía de emoción, por lo que ya estaba en edad para ir a buscarla. Sabía que fue una locura presenciarse en la casa de Marcus a esa hora, pero no estaba segura que si de día él hubiera aceptado recibirla; su relación no era buena y por ende no podía llegar a él por los métodos convencionales.

—¿Qué te pasó? —preguntó su nueva mejor amiga, ceñuda—. A ver, te quito esto y me explicas. —Se encargó del pañuelo, permitiéndole respirar mucho mejor e inhaló con fuerza.

—Quítame las cadenas —Se volvió sobre su lugar, dado que su amiga aún seguía en el exterior y con una risilla así lo hizo.

—He de suponer que lo ayudaste a olvidar a lady Lisa, ¿estoy en lo cierto?

Si tenía suerte, él no se acordaría que ella estuvo aquí. Su padre la mataría si descubría todo lo que hizo para ver a Marcus. Si bien Benjamin solía consentirla, no estaba segura si ese acto entraba junto a aquellos que todavía era perdonables.

—¿Qué le hiciste al conde que tuvo que encadenarte?

Esa era la misma pregunta que ella se hacía una y otra vez.

¿Por qué la encadenó? ¿Por qué fue tan demandante en cada una de sus órdenes? ¿Por qué…?

Una vez que estuvo libre llevó las cadenas al lugar de donde él las había tomado al igual que el pañuelo y luego se acercó a Marcus, recogiendo así trozo a trozo los pedazos de sus interiores. Mientras más limpia quedara la escena del crimen, menos posibilidades tendría de ser descubierta.

—¿Por qué no te quedas? Podrías desnudarte y simular que él hizo cosas muy malas contigo —sugirió su amiga mientras se arreglaba el vestido y Bonnie se acarició las muñecas enrojecidas.

—Porque él me odiaría.

—Pero al menos estarían casados.

Evitó rodar los ojos, Janette era tan práctica que ahora sabía por qué se había mantenido soltera. Podía llegar a ser exasperante en su faceta de siempre tengo la razón, era una mujer intensa que siempre quería tomar el camino más lógico y fácil para solucionar los problemas.

—No, debemos irnos. Es todo por hoy —susurró con congoja, lamentando tener que dejarlo allí.

—Tienes marcas por todo el cuello y pecho —Janette le señaló su capa y se cubrió con ella, azorada—. Sabes algo, lord Hamilton no te conviene —chasqueó la lengua, observando la escena del crimen—, es un salvaje.

51

¿Podría ser eso posible? Marcus siempre fue muy educado y recatado, salvaje era un término que no estaba dentro de los adjetivos que ella usaría para él.

—¿Deberíamos dejarlo aquí?, ¿y si lo cubro con algo?

—No es como si un borracho fuera a cubrirse con algo, si no nos vamos ahora te descubrirá y con suerte, si es que la tienes, porque últimamente te he notado algo salada, no se acordará de ti y tu fortuita visita que terminó en un juego de deja que te encadene y amordace porque a saber qué. Si Oswin se entera, me matará, y si me mata, moriré virgen por tu culpa.

Ese comentario había llegado cuando corrían por el jardín, por lo que Bonnie se permitió soltar una risotada mientras la morena refunfuñaba para sus adentros.

—Gracias por acompañarme —dijo risueña en lo que el carruaje se ponía en marcha y Janette asintió.

—Búscame siempre que necesites algo así, no puedes salir sola porque es muy peligroso, ¿de acuerdo?

—De acuerdo.

—Y sobre Hamilton, creo que lo mejor es que mantengas un poco de distancia, si llegas a ser muy obvia él va a descubrirte. Tengo la fe de que para mañana pensará que todo fue un sueño.

¿Era eso lo que quería?

No, pero era lo mejor, dado que por una noche de placer él no iría a por ella. Por más que quisiera repetir todo, así tal cual como lo habían hecho, Marcus jamás la tomaría en cuenta como a una esposa y amante en potencia.

Suspiró.

Era una lástima, su cuerpo aún vibraba por la intensidad de sus besos en su intimidad y mentiría si dijera que no deseaba, fervientemente, repetirlo.

Capítulo 4

—Estamos perdiendo tiempo valioso, Marcus, no puedes seguir retrasando lo inevitable; cásate con mi hija y soluciona tus problemas económicos. Bonnie te ayudará encantada, aún se arrepiente por el trato que te dio aquel día en mi casa.

Afligido por toda la situación, pues en las últimas semanas las cosas se habían salido de su control, Marcus alborotó su oscura cabellera con desesperación.

No podía casarse con Bonnie, esa mujer estaba invadiendo sus sueños con una determinación arrebatadora y ahora sólo podía imaginarla en su alcoba, atada a su cama y rindiéndose ante él. No obstante, la rubia no reaccionaría de la misma forma en la que lo hacia la mujer de sus sueños, Bonnie se asustaría y la última semana se había percatado de lo complicado que sería intentarlo con ella sin que terminara delatando sus preferencias.

Era peligroso.

Sabía que podía casarse con ella y fingir ser otro en el lecho matrimonial, pero…

Aun recordaba la primera noche que ella lo visitó en sus sueños, todo se sintió tan real que la simple idea de compartir cama con ella se le hacía tentadora, sujetar sus cadenas, sus sogas, su fusta… ¡Quería hacer estragos con esa frágil mujer!

—¿Es que acaso no tiene pretendientes? Es la beldad de la temporada, no me digas que no te llegaron ofertas matrimoniales —trató, un poco, de desviar el tema.

—Las rechazó todas, no sé qué demonios espera esa niña.

Quizás a él. Pensó Marcus acongojado.

Ella lo quería y él… muy a su pesar, también, pues en su momento de desesperación por demostrarse lo contrario, había acudido a lady Windsor ofreciéndole ser amantes, besándola a la fuerza y percatándose de que no sentía más que mero aprecio por la mujer. Se sintió tan molesto consigo mismo que sólo odió aún más a Windsor por haberle quitado la oportunidad de hacerla su esposa y olvidar a Bonnie con ella.

—Ya llegará alguien para ella —musitó con desgana.

Él no era el indicado, lo único que conseguiría sería dañarla físicamente y era lo que menos quería para la mujer que amaba. Benjamin no tenía la menor idea del favor que le estaba haciendo al rechazar a su adorada hija, él no desearía para su pequeña nada de lo que él podría ofrecerle.

—Eres imposible —suspiró el barón con cansancio y se apoyó en su costoso bastón—. Vamos, te invito a cenar.

Hizo una mueca.

Desde el día que Bonnie le echó de su casa no había vuelto a la propiedad, por lo que no estaba seguro si sería buena idea presentarse allí.

—No lo…

—No aceptaré un no por respuesta, así que vamos.

Tomando en cuenta que sus recursos económicos eran escasos, no le vendría nada mal aceptar la invitación de Benjamin, antes solía frecuentar la propiedad de su amigo y ahora…

—Y desde mañana comerás con nosotros.

Sonrió con desgana, él sabía cuál era su situación.

Era un milagro que Beaufort estuviera siendo tan tolerante con él, hasta el día de hoy no se había pronunciado para ejecutar los pagarés, sino más bien le había dado la chance de encontrar una buena esposa para liberarse de la deuda. No estaba seguro, pero sentía que Beaufort le estaba dando aquella oportunidad dado que fue uno de sus mejores amigos el que le robó a su futura esposa.

Aceptando la ayuda del barón, Marcus se puso de pie y abandonó su mansión junto a Benjamin. El día se había marchado y ahora las calles se alumbraban por los faroles. La zona donde vivía era costosa, una de las más privilegiadas, era una lástima que su ruina económica no le permitiera disfrutar de esas nuevas comodidades.

Sin embargo, su residencia de soltero —aquella que adquirió cuando era un simple abogado— era todo lo que él era. En ese lugar estaba su hogar, lo que amaba y sus secretos. Aún mantenía la propiedad, podría venderla, pero... no quería, le había tomado años confeccionarla a su agrado y no quería perderla.

Cuando por fin estuvo dentro de la ostentosa mansión de Churston, Oswin fue el primero en recibirlo con regocijo junto a lady Janette Morrison, hija de los condes de Warwick, una solterona consagrada que mantenía una muy buena amistad con la familia del barón aún en contra de la voluntad de sus padres que, si bien estaban en la quiebra, preferían mantener las apariencias.

Como de costumbre, la mujer iba del brazo de Oswin, según Benjamin eran muy buenos amigos; según Marcus, la mujer se aferraba a un amor imposible adoptando el papel de mejor amiga, echando a perder su futuro. Aunque... Oswin le seguía el juego echando a perder el suyo también.

—Dichosos los ojos que te ven, milord —bromeó el rubio de ojos color cielo, tan parecidos a los de Bonnie, y Marcus sonrió.

—Sabrás que tienes mucha suerte —siguió el juego y lady Janette se rio.

Marcus besó la mano de la dama como correspondía y pronto la baronesa estuvo junto a ellos, exteriorizando su alegría de tenerlo allí. Todo indicaba que aún mantenía la fe de que Bonnie y él llegarían a ser algo.

—Pasemos al comedor —espetó la baronesa.

—¿Dónde está mi hija? —Por suerte, Benjamin preguntó primero.

—Ya lo sabes, la niña no se siente bien y ha estado en cama todo el día.

¿Cómo?

Bejamin no le había comentado nada en lo absoluto.

—Manda a alguien para que la traiga, todos sabemos que es una excusa para no recibir ninguna invitación de paseo. Quiero que esté presente en la cena.

Odiaba saber que estaba tan reticente a la idea de encontrar un esposo, todo sería más fácil para él si ella estuviera casada; estaría prohibida y su dura realidad sería más clara y fácil de aceptar. Mientras ambos estuvieran solteros, la tentación de poseerla sería mayor.

No lo comprendía, ¿acaso no estaba loco de amor por lady Lisa?

Posiblemente, pero todo había cambiado después de aquel día en el que despertó solo y en el piso de su despacho. Cuando no estuvo seguro si todo había sido un sueño o real; por supuesto, lo más seguro era que fue un sueño porque Bonnie jamás entraría a su casa pasada las doce sin compañía de su hermano o alguna dama decente;

es más, ni siquiera así lo haría porque sus términos actualmente no eran los mejores.

Lady Morrison se ofreció a ir por su amiga y Marcus la miró de soslayo mientras se dirigía al gran comedor. La familia Stone era agradable, para ser personas tan adineradas aún mantenían los pies sobre la tierra y la clara prueba de ello era el empeño que ponía el barón para que sus hijos fueran felices. Él podría someterlos a matrimonios concretados con nobles arruinados, podría usar toda su fortuna para comprar una mejor posición social, pero incluso así seguía aguardando a que ellos encontraran aquello que realmente les diera felicidad.

—Ya te dije que Janette sería una esposa maravillosa.

No obstante, la baronesa sí presionaba a sus hijos porque temía que perdieran grandes oportunidades por ser tan indiferentes a las opciones que tenían frente a ellos. Al ser jóvenes dotados de grande belleza y riqueza, era normal que Bonnie y Oswin fueran populares entre los hombres y las mujeres; sin embargo, no cualquier noble de alto rango se uniría a la familia de Benjamín Stone, el hombre que no respetó su posición social y trabajó como comerciante para consolidar toda una fortuna.

—Es mi amiga y no tocaré ese tema ahora —espetó Oswin con rudeza, algo poco común en él, y la castaña selló los labios para no decir más. Al parecer era un tema que sacaba el mal carácter del hijo mayor de la familia.

A los minutos ingresó lady Janette junto a Bonnie, quien portaba un lindo y sencillo vestido de algodón color verde agua y todos los caballeros se pusieron de pie. Oswin y él retiraron las sillas y, para su sorpresa, la pelinegra se sentó junto al rubio y Bonnie se acomodó junto a él.

—Señorita Stone —la saludó con elegancia y ella hizo una leve inclinación con la cabeza.

El rostro lo tenía colorado, estaba tan rosada que se preguntó si realmente estaría bien para participar de la cena.

—Milord —musitó con voz ahogada, provocando que la presión se instara en sus pantalones. Si bien todo fue un sueño, tenía que admitir que su presencia lo inquietaba.

La cena transcurrió tan amenamente como de costumbre. Benjamín y Oswin eran buenos conversadores, siempre hacían reír a las damas de la mesa, por lo que Bonnie perdió la tensión del cuerpo ni bien su hermano empezó a hablar de la temporada y los últimos acontecimientos sociales.

—Tenía que verlo, padre, Normanby estaba desesperado por atrapar a la dama, quería llevarla a la biblioteca a como dé lugar y la jovenzuela no dejaba de temblar.

—¿Y qué tienes que ver tú en todo eso? —inquirió Benjamin y Oswin infló el pecho con orgullo.

—Que yo la salvé pidiéndole un vals, por lo que ahora el marqués debe creerme su enemigo mortal.

Normanby estaba endeudado hasta los huesos y hasta donde Marcus sabía, el viejo de cincuenta y cinco años compartía los mismos gustos que él, sólo que por supuesto él no consideraba a sus amantes, pues las hería hasta dejarlas rendidas físicamente, algo que claramente no le generaría el más mínimo placer a ninguna mujer.

—Milord —Tenso ante la melodiosa voz que tuvo la osadía de llamarlo y acallar a todos los presentes de la mesa, Marcus giró el rostro hacia la rubia que lo miraba con verdadero nerviosismo.

—¿Sí, señorita Stone?

—¿No le gustaría tomar un paseo por el jardín?

Enarcó una oscura ceja, detectando el suplicio que representaba todo aquello para ella.

¿De qué quería hablarle? No era común que Bonnie se aventara a solicitar una conversación así como así; ni siquiera cuando fueron amigos tuvo el valor de hacerlo, ¿qué era diferente ahora?

—Siempre y cuando sus padres me lo permitan.

—Por mí no pierdan el tiempo —espetó el barón con indiferencia y la baronesa asintió con prisa, dando a entender que tampoco le afectaba.

—¿Y su carabina?

—Confiamos en ti —musitó Oswin con picardía y Marcus le miró mal.

Bonnie se puso de pie, haciendo que todos los varones del comedor hicieran lo mismo, y Marcus le tendió el brazo para poder guiarla hacia el jardín. Esperaba, con todas sus fuerzas, que las cosas no se salieran de su control.

—¿De qué desea hablar? —habló con formalidad, detectando el deje de tristeza en la oscuridad de la noche.

—Oí que aún no encuentras una heredera.

—Pronto lo haré —contestó impasible y la escuchó tragar con fuerza.

—Lamento mucho haber rechazado tu oferta.

—No pasa nada, gracias a eso conocí a lady Windsor. — Mientras más duro fuera, más posibilidades tendría ella de alejarse de un hombre como él.

—Oh.

Una presión le golpeó en el pecho al detectar la tristeza en su tímido murmullo.

—Ella… se ve muy feliz con Windsor, está herida y estuvo en cama todas estas semanas, ¿verdad?

En efecto, un accidente en Hyde Park había provocado que la dama se lastimara el tobillo. No hace mucho había tenido una pelea con Windsor justamente porque en un estado de ebriedad le comentó lo poco que se merecía a lady Lisa, quien había sido traicionada por ese hombre.

Ni siquiera comprendía por qué seguía insistiendo, estaba claro que sólo estimaba a la dama, le dolía su rechazo; puesto que su orgullo de hombre siempre estaría herido por no haber sido el elegido, pero incluso así... estaba claro que lo que sentía por la morena no se parecía en lo absoluto a lo que sentía por Bonnie.

Eran sentimientos diferentes.

—Eso he oído.

—Marcus... —Adoraba cuando lo llamaba por su nombre—, tú... ¿aún estarías dispuesto a casarte conmigo?

Paró en seco.

No había esperado que fuera tan directa respecto al tema, claramente lo había tomado por sorpresa y eso le fascinaba. Bonnie era intrépida, pero atreverse a pedirle matrimonio era algo que... sobrepasaba los límites.

—Creí que quería un esposo fiel.

Y él no lo sería.

—¿Por qué quieres serme infiel? —Se plantó frente a él, encarándolo con determinación.

—Bonnie… —Se frotó el puente de la nariz con cansancio—, simplemente no eres lo que busco.

Silencio. Un largo e incómodo silencio se propagó entre ellos hasta que ella retomó la palabra.

—¿Y no puedo convertirme en aquello que buscas? Yo… estoy dispuesta a todo por ti.

Palabras fuertes, capaces de afectarle en la cabeza, en el corazón y en su miembro que ahora golpeaba fieramente dentro de sus pantalones.

Era fácil hacer una declaración de ese tipo, pero ella no tenía la menor idea de a lo que se metía por lo que claramente no podría cumplirla jamás. Bonnie no soportaría que la encadenara o amordazara como lo hizo en su sueño, ella se pondría a temblar y lloriquear como una niña pequeña. Bonnie no soportaría el impacto de su fusta contra su tierna piel, gritaría y rogaría por misericordia; y él… no soportaría ser el causante de todo aquel sufrimiento. Le dolería en el alma decepcionar a la mujer que amaba y que lo amaba, su musa pensaría que estaba loco y buscaría ayuda, y luego los barones pensarían que era extraño.

—No me interesa. —Dio un paso hacia atrás y sin sorprenderlo ella lo sujetó del brazo.

—Espera.

Era una tozuda de primera.

—Mira lo que encontré, si es esto lo que te preocupa no tengo miedo.

Confundido vio como sacaba unas hojas del bolsillo de su falda y se las entregaba con las manos temblorosas. Las desdobló con el ceño fruncido y al captar unas cuantas letras en las primera hoja, se volvió hacia donde el faro regalaba un poco de luz.

Casi se fue de bruces hacia atrás al leer lo que tenía escrito.

Rendida al placer de la noche, dejó que la verga latente ingresara en su núcleo. El dolor se propagó en todos sus músculos, erizándole la piel y generándole un incómodo picor en su intimidad. Él no se movió, se mantuvo quieto esperando que su pequeño cuerpo se adaptara a la dureza...

¿Cómo demonios había conseguido aquel texto?

Rápidamente pasó a la siguiente hoja y abrió los ojos de par en par al ver la silueta de una mujer chupando el pene de un hombre. ¡Maldición! Siguió observando todas las páginas, eran textos y ya no estaba seguro si quería seguir leyéndolos. No obstante, el último lo dejó perplejo.

Los carnosos labios rodearon el miembro viril, deslizándolo en su suave cavidad y lo acogió con regocijo sintiendo su delicioso sabor...

—¿De dónde diantres sacaste esto? —inquirió, furibundo, empuñando todos los papeles y, seguramente ruborizada, le quitó todas las hojas para guardarlas en su bolsillo—. Devuélvemelas —ordenó con dureza y maldijo que su voz lo traicionara, estaba consumido en el placer.

—Ni de broma —susurró con nerviosismo—, me costó mucho conseguirlas.

Inhaló con fuerza. Era... perfecta.

—Debo irme.

—¡No! —Lo sujetó del brazo con mayor fuerza y antes de que Marcus pudiera verlo venir, lo empujó hacia atrás provocando que ambos cayeran tras unos grandes setos lejos de la luz que regalaba el faro—. No puedes irte ahora —susurró sobre él, con los rostros demasiados próximos.

—Levántate —pidió con voz ronca, necesitaba alejarla antes de cometer una locura. Bonnie era un peligro para su cuerpo y cordura.

—¿Por qué me rechazas? Te dije que estoy dispuesta a todo por ti, conmigo no necesitarás más mujeres.

Molesto por su manera de ofrecerse, Marcus se sentó y para su desgracia Bonnie terminó a horcajadas sobre él, aferrándose a su cuello como si de eso dependiera su vida.

—No hice nada malo para conseguir esas hojas, Janette las trajo para mí de unos libros que encontró en su casa.

Benjamin debería evaluar a las amistades de su hija.

—Debemos volver.

—Todos en esta casa quieren que nos casemos, sólo necesitas prometerme que jamás tendrás una amante y cumpliremos sus deseos.

—No lo entiendes —La sujetó de los hombros, obligándola a alejarse—. Jamás me darás lo que yo quiero, tú eres…

Bonnie se zafó de su agarre, lanzándose hacia abajo y Marcus se petrificó cuando con maestría le abrió los pantalones hasta dejar su erección expuesta ante ella. Trató de hablar, de pedirle que se detuviera, pero fue imposible; ahora ella se engullía su duro miembro y buscaba demostrarle lo maravilloso que podría ser tener una vida conyugal junto a ella.

Si tan sólo sus gustos no fueran tan retorcidos.

Bonnie hizo todo aquello que se memorizó de los fragmentos de texto que Janette le trajo hace varias semanas. Efectivamente, se necesitaba un poco de saliva para que fuera más fácil deslizar el duro miembro por sus labios para hacerlo disfrutar plenamente. Regó lengüetazos a lo largo del falo y lo chupó con deleite disfrutando de cada uno de los gemidos ahogados de Marcus, quien seguía sentado y tiraba la cabeza hacia atrás mientras lo hacía gozar.

No podía creer que lo estuviera haciendo, pero llevaba esperando esa oportunidad desde la noche que lo dejó en su despacho semanas atrás, por lo que ahora no la echaría a perder. Si no hacía algo, pronto terminaría casándose con un extraño, algo que no pensaba permitir si Marcus seguía soltero.

Lo conquistaría costase lo que costase, ya nada le importaba. Lady Windsor estaba más que feliz con su esposo, por lo que Marcus terminaría aceptándola una vez que se diera cuenta de que ella era la mejor opción que tendría esa temporada.

—¡Mmm! —Se aferró a los muslos masculinos cuando él empuñó su cabellera y se preparó para las duras arremetidas que pronto llegaron.

Dios santo, eso era mejor que leer aquellas impúdicas páginas.

Todo lo que él le hiciera era mucho mejor y placentero. El calor se alojó en su centro y chupó con más ahínco el miembro de su amante deseando conocer su sabor, esa esencia de la que había leído en cada una de las libidinosas páginas.

—Bonnie… —la llamó con voz ahogada—, retírate cariño, yo…

Succionó el falo que se tensaba entre sus labios y aceptó su simiente con deleite, llenándose de su esencia sin remordimientos. Sus hombros fueron presas de la presión de las grandes manos y lanzó una queja dolorida cuando se hizo más profunda.

Él la soltó y entonces se incorporó muy lentamente, relamiéndose los labios con aturdimiento. Lo había hecho, ¡había chu…! Se sonrojó y con las manos temblorosas arregló la prenda de su amante, sintiendo su olor a hombre muy próximo a ella.

—Dime que no hiciste esto con nadie —pidió con voz ronca, captando su atención y apoyando la mejilla en su duro pecho, le respondió.

—No, claro que no. —Le pareció extraño que se mostrara tan relajado con aquella información—. Aprendí esto por ti, quiero comprender qué es lo que no puedo darte.

Agradeciendo que los fuertes brazos la rodearan, Bonnie se acurrucó contra él, temblorosa.

—No quiero que termines en la cárcel de deudores, Marcus —susurró con voz rota, abrazándolo por el cuello y él besó su coronilla.

—No lo haré, confía en mí.

—Cásate conmigo —repitió.

—Déjame pensarlo.

Marcus lo pensaría, realmente quería hacerlo. Frecuentaría a Bonnie ahora que comería en su casa y vería si valía la pena arriesgarlo todo y enseñarle aquello que quería esconderle. Si ella aceptaba bien su juego sexual, las cosas podrían ser muy beneficiosa para los dos, pues tendría a la mujer de su vida como su esposa y jamás pensaría en serle infiel.

—¿Lo prometes?

—Sí, pero ahora debemos ponernos de pie y caminar por el jardín para mejorar nuestros estados, tus padres se darán cuenta de que algo no anda bien si nos ven así.

—De acuerdo —contestó con un suspiro y ambos se incorporaron sin prisa alguna.

Aún le costaba creer que su Bonnie le hubiera… el sólo pensarlo le provocaba otra erección.

—¿Vas a cortejarme? —inquirió ella, mirándolo con curiosidad.

—No sé si será un cortejo oficial, no quiero que sea público. Tu padre me invitó a compartir las comidas con ustedes, por lo que podremos vernos la mayor parte del día sin problemas.

—Temes que al final no sea lo que esperas, ¿verdad? —indagó con desgana y Marcus detuvo su paso, para así poder darle una respuesta sincera.

—Eres perfecta, cariño, pero aún cabe la posibilidad de que no lo seas para mí. No arriesgaré tu reputación ni tu felicidad, hay muchas cosas que están en juego en esto que estamos pretendiendo iniciar. No te digo esto para que te sientas mal, quiero ser sincero contigo y ambos sabemos que este inicio no quiere decir que todo esté dicho; es justamente lo que es, una oportunidad para ver si tú y yo podremos llegar a ser felices juntos.

—Bueno… —hizo un tierno mohín con los labios y él sonrió—. Pero ¿al menos te gustó lo que hice?

Asintió.

—Me gustó mucho.

—¿Entonces qué me falta? ¿Por qué aún no estás seguro?

No era como si Marcus fuera a prestarle su libro a Bonnie. Era la primera vez que sentía vergüenza de sus gustos, por lo que era difícil confesarle todo aquello que sería nuevo para su no tan inexperta cabecita ahora; quizás con el tiempo él pueda lidiar un poco más con sus verdades, pero por el momento irían lento, paso a paso.

—No me presiones —zanjó el tema y Bonnie asintió, juntando los labios en una fina línea—. Ahora, dile a lady Janette que no te entregue más de esas hojas.

—¿Por qué? —inquirió ceñuda, exasperándolo.

—Porque una señorita no debe ver esas cosas.

—Dejaste que te las hiciera —recalcó con retintín, dejándolo perplejo.

—Bonnie…

—Cuando seas mi esposo, aceptaré, tal vez —aclaró—, cada una de tus órdenes, pero hasta que ese día llegue y tú te des cuenta que soy la mujer de tu vida, no podrás decidir en mi vida.

Cuanto amaría darle unos buenos azotes y obligarla a rendirse ante él. Esa mujer necesitaba mano dura y él encantado se la impondría.

Capítulo 5

Es que si alguien le decía que estaba soñando, Bonnie se echaría a llorar allí mismo porque la decepción la llevaría al desconsuelo. Marcus había aceptado intentarlo y eso sólo significaba una cosa: ella le interesaba físicamente y la atracción era algo que ni siquiera él podía controlar. Cuando aceptó su propuesta, su cuerpo vibró de pura felicidad al saber que aún existía un pequeño atisbo de esperanza entre los dos.

Aún podía existir un nosotros en su relación.

Se cubrió la boca con ambas manos para no gritar de la emoción, no se le apetecía despertar a toda su casa a horas tan altas de la noche. Todos le habían interrogado respecto a la conversación que tuvo con Marcus una vez que este se hubiera ido; sin embargo, como buena chica evitó revelar los detalles y se limitó a decir que él había perdonado su comportamiento tan impropio dándole la oportunidad de recuperar su amistad.

Gracias a Dios, Marcus se había olvidado de la noche que ingresó a su casa por la ventana, porque no le había tocado el tema ni por si acaso y la había tratado con normalidad, una clara prueba de que las cosas seguían como antes y entre sus recuerdos no estaba ella encadenada y amordazada en su despacho.

Mañana se presentaría en su casa nuevamente y estaba ansiosa por verlo otra vez. Hace mucho que no había hablado así con él y se sentía fascinada por haber conseguido tal avance, por un momento llegó a creer que nunca podría recuperar su amistad.

Si no hubiera sido por la pequeña ayuda que Janette le brindó con aquellas hojas sueltas de un, seguramente, interesante libro, Bonnie seguiría viviendo en la ignorancia sin poder comprender un poco de lo que Marcus esperaba de ella en el lecho matrimonial. Si bien en primera instancia le había parecido terriblemente difícil dar el primer paso; ahora se sentía segura de sí misma y requería de mayor información.

Sin embargo…

Estás loca, mi padre me descubrirá si traigo más páginas de sus libros. Fueron las palabras de Janette cuando le pidió que trajera unas cuantas páginas más de aquel libro con el fin de que pudiera estudiarlas para su próximo encuentro carnal con el conde. Era una lástima que su adquisición no fuera tan sencilla, pues le gustaría tener el suyo al alcance.

Aunque, si era sincera, pensaba iniciar una incursión en la biblioteca de su padre, algo le decía que quizás, tanto él como su hermano, disfrutaban de aquella lectura que desgraciadamente estaba vetada para las señoritas como ella.

Resignada se metió bajo sus sábanas, esperando impaciente porque las horas pasaran. Había esperado ese momento por años y ahora que por fin nada parecía ser tan fuerte como para separarlos —pues él tenía el título y ella ya le había pedido perdón—, la posibilidad de una boda era cada vez mayor.

Tardó más de dos horas en conciliar el sueño y cuando lo consiguió, soñó con aquellas cadenas que dominaban su cuerpo llevándola a ofertar una rendición destinada sólo para él. La rudeza de sus toques, de sus besos sobre sus pechos y de sus palabras roncamente susurradas la hicieron suspirar entre sueños.

Su noche terminó siendo más placentera de lo que había planeado.

Observándose por última vez en el espejo de cuerpo completo, Bonnie sonrió satisfecha ante su gloriosa imagen. Llevaba puesto su vestido mañanero más lindo, uno color rosa de escote en forma de corazón que le permitía tener los hombros expuestos para los ojos curiosos que desearan ver un poco más de su piel.

Marcus lo amaría.

Para cuando ingresó al comedor, su felicidad sólo irradió con más fuerza cegando a los presentes y agradeció a Marcus por retirar una silla para que pudiera sentarse. Efectivamente desde ese día comería con ellos, y eso era algo grandioso, era una lástima que Janette no hubiera llegado aún, puesto que le hubiera gustado pedirle unos consejos, pero estaba segura que podría controlar cualquier situación.

Al no tener a su mejor amiga en casa, Oswin fue el primero en retirarse alegando que tenía muchos asuntos que tratar; y para su sorpresa, sus padres se retiraron a los minutos informando que tenían una reunión de té a la que no podrían faltar.

—Entonces yo también me retiro —espetó Marcus sin expresión alguna en el rostro y ella se alarmó.

—¡No! —chillaron sus padres en unísono, más alarmados que ella—. Quédate, Marcus —pidió su padre—, acompaña a Bonnie, no me gustaría que se quedara sola.

—Como lo desees, Benjamin.

La familiaridad con la que se trataban era asombrosa.

—¿Por qué no vamos a la biblioteca, milord? —preguntó, risueña, sujetándolo del brazo y su madre sonrió levemente con regocijo.

—Oh, por supuesto, allí encontraran algo de diversión —dijo la baronesa y las dos parejas salieron del comedor, dividiendo sus caminos en el recibidor de la casa.

—¿Les dijiste algo a tus padres? —inquirió con suavidad, una vez que estuvieron en la biblioteca y Bonnie ensanchó sus labios en una encantadora sonrisa.

—¿Qué si te di placer con la boca? Claro, se los conté ni bien te fuiste —bromeó con un gesto de mano y si las miradas mataran, ya estaría muerta—. Por supuesto que no, Marcus, hicimos un trato y lo pienso cumplir.

—Creo que me gustabas más cuando eras tímida —suspiró con cansancio y se acercó a él, abrazándolo por el cuello.

—¿Estás seguro? —ronroneó, consiguiendo que él la mirara con fijeza.

Él miró a los lados, observando las ventanas que estaban cubiertas por las grandes cortinas y la abrazó por la cintura.

—Estoy dudando.

Con una sonrisa traviesa, rompió el abrazo y le dio la espalda para dirigirse a las escaleras de la gran biblioteca. Si su padre tenía libros de aquel género tan erótico, no estarían a su alcance.

—¿Dónde vas? —Escuchó su voz mientras la seguía y una vez que llegó al piso superior, se giró hacia él pero siguió caminando de espalda con un semblante picaresco.

—Ayúdame a buscar unos libros.

No se mostró muy conforme, pero asintió.

—De acuerdo, dame los títulos que deseas y me pondré en ello. —Se acercó al primer estante, observando los lomos y Bonnie carcajeó con dulzura.

—No sé cómo se llaman —Se acercó a él, imitando sus acciones—. Pero quiero uno parecido a las hojas que te mostré.

Por largos segundos, él guardó silencio, como si estuviera debatiéndose entre llamarle la atención o decirle dónde podría encontrar aquel tipo de libros.

—No son libros aptos para una señorita.

Resopló con frustración y él la observó con el ceño fruncido.

—No está bien que busques ese tipo de libros.

—Pero quiero hacerlo, esos libros me dicen qué tengo que hacer para complacer a un hombre —dijo con un tierno mohín en los labios, tirando suavemente de la solapa de su levita—, y muero por complacerte. —Se mordió el labio inferior, deseando con todas sus fuerzas parecer una mujer seductora. Abrió su abanico, agitándolo ávidamente y su olor a rosas llegó a él haciéndolo gemir ahogadamente.

—No quiero corromperte —musitó con voz estrangulada, manteniéndose tenso, y ella soltó una melodiosa risotada.

Le dio la espalda, iniciando una seductora caminata mientras acariciaba los lomos de los libros, y sujetó el más delgado de todos, sacándolo de su lugar para observarlo.

No tenía nombre.

—No lo entiendes, ¿verdad?

—¿Entender qué? —Usó todo su autocontrol para no alejarse de él.

—Yo ya estoy corrompida —se volvió sobre su lugar, quedando con el cuerpo muy próximo al suyo—. Lo estoy desde el día que me besaste en el jardín de mi casa de campo, cuando desee con todas mis fuerzas que tus fuertes manos acariciaran mi... Ah —jadeó cuando su espalda impactó contra el estante de libros y lo miró sorprendida.

Si bien la iluminación era algo escasa porque las cortinas aún no habían sido corridas, ella podía captar cada uno de sus rasgos que la miraban con hambre y lujuria. El pecho se le infló de orgullo y empezó a respirar pesadamente.

—Nunca debiste leer aquellas páginas. —La liberó de su cautiverio muy lentamente, y molesta consigo misma abrió el libro que tenía en manos.

—No es tu pro... —Su voz fue muriendo al leer las primeras líneas del párrafo—. Lo encontré —la voz se le murió en un gemido, y hojeó las páginas para caer a una al azar.

—Muy bien, querida Bonnie —susurró él, acariciando sus hombros y un estremecimiento sacudió su cuerpo de pies a cabeza—. ¿Qué quieres hacer ahora?

Tragó con fuerza.

El libro, con lo poco que había leído, trataba de una mujer bastante atrevida, decidida a conquistar a su hombre. Adoptó el papel de la protagonista y se armó de valor para leer en voz alta, provocando que la tensión sexual del ambiente sólo incrementara.

—*"Juliet no estaba segura qué le haría Ulises después, pues el miembro latente seguía en su interior adquiriendo un tamaño mucho más grueso mientras él acariciaba sus pechos y la mantenía de cuatro sobre el mullido colchón."* —La humedad se instaló en su centro y lo miró de soslayo, sus ojos estaban mucho más oscuros de lo que ya eran—. *"—Por favor, amor mío, dame más —imploró la mujer, jadeando y sacudiendo su cuerpo de adelante atrás, provocando que él gruñera salvajemente."*

—Date vuelta —ordenó con voz gutural y siguió su orden sin rechistar—. Cambia de página, «El amante de Juliet» contiene escenas eróticas en todo el libro.

Al parecer acababa de encontrar su nuevo libro favorito.

Fue a una página al azar casi al principio y la boca se le secó cuando el corsé de su vestido se aflojó. Sacudió la cabeza para concentrarse nuevamente en la lectura y empezó a leer.

—*"Aferrada contra el alféizar de la chimenea, Juliet gimió roncamente mientras Ulises la despojaba de su apretado corsé, liberando así a sus grandes senos dispuestos a recibir…"* —Se calló, sintiéndose repentinamente molesta. Ella no tenía pechos grandes, lady Windsor los tenía enormes y Juliet también.

—¿Qué sucede? —Tiró el cuello a un lado, dejando que él besara la curvatura con lujuria y enfocó la vista en la lectura.

—Cambiaré de pág...

—No.

—¿Qué, por qué? —preguntó, ofuscada, no quería leer sobre pechos grandes.

—Porque te haré todo lo que Ulises le haga a la intrépida Juliet.

—No quiero. —Cerró el libro, provocando que él se tensara y pronto su abanico terminó en las manos masculinas, que soltaron su prenda consiguiendo que su vestido se arremolinara a sus pies.

Las manos masculinas rodearon su cuello con suavidad, dejándola perpleja ante el tacto y con la punta del abanico, Marcus inició una larga caricia desde el inicio de su cuello hasta su monte de venus, enviándole un estremecimiento de los pies a la cabeza. Tomándola por sorpresa, él alejó el abanico y luego lo estampó contra la frágil parte de su cuerpo, haciéndola jadear entre sorprendida y... ¿excitada?

—Oh... —suspiró jadeante y el objeto ascendió en una caricia por su plano vientre.

—Por tu bien, encuentra esa página o no pararé.

Esta vez el golpe impactó contra el pezón erguido, haciéndola gritar de placer. Le cubrió la boca con una mano y Bonnie, ansiosa por el momento, torpemente empezó a buscar la página treinta y seis. Pensaba retomar la lectura más tarde.

Hasta que consiguiera encontrarla, los siguientes dos golpes fueron en su vientre y nuevamente en su monte de venus. Con las piernas temblorosas y los interiores humedecidos, Bonnie apoyó una mano contra el estante, tratando de regularizar su respiración.

—Cuando diga algo, pequeña libertina —susurró en su oído, llevándola a juntar sus pelvis con descaro—, me vas a obedecer, ¿de acuerdo?

—Ah… —gimió cuando tiró de sus caderas, rozando sus nalgas contra su erección y asintió con prisa.

—Sí, lo entiendo —suspiró con anhelo y buscó la línea donde se había quedado—. "… *dispuestos a recibir todo el placer que él podría ofrecerles. Las grandes manos los rodearon…*" —titubeó cuando las manos de Marcus empezaron a seguir el ritmo de la lectura—. "*… aun así sin poder sujetarlos completamente entre sus palmas…*" —Gruñó.

—¿Y ahora qué? —inquirió él, acunando sus pechos y confesó su molestia.

—Mis pechos son pequeños.

—Son perfectos, sigue con la lectura.

—Pero los de lady Wind... ¡Ah! —chilló cuando el abanico volvió a golpear su centro y se retorció por el picor—. *"La yema de sus dedos pellizcaron los rosados pezones erguidos..."* Oh por Dios, sí... —gimió adolorida— *"... tirando de ellos con mmm, sua-vidad, instándola a contonear la cola sobre la dura verga."* —Lo hizo, guiada por el erotismo del momento inició un glorioso vaivén sobre la erección de Marcus.

—Eres jodidamente ardiente —farfulló, y el libro cayó de sus manos cuando la obligó a arrodillarse. Él hizo lo mismo—. Separa las piernas.

Así lo hizo y pronto la fría brisa rozó su húmeda intimidad. Los dedos masculinos acariciaron su hendidura y lamentó no poder verlo cuando emitió un gemido gutural.

—Tan húmeda...

Oh sí... eso lo había leído.

—Y todo por ti —respondió ahogadamente, lanzando un suave gritillo al sentir la interrupción de un dedo en su interior—. Marcus... —Extendió las manos contra los libros, dejando que él hiciera lo que quisiera con ella.

Tenía que saber lo mucho que disfrutaba rindiéndose ante él.

El crujido de la ropa provocó una sequía en su boca y empezó a respirar con dificultad cuando rodeó su cintura con un brazo, dirigiendo la palma hacia su centro. Arqueó la espalda cuando con sus dedos separó sus labios internos, alzándola levemente del piso para que sus piernas se extendieran todavía estando abiertas.

—Oh mi Dios —suspiró al sentir algo grueso, caliente y palpitante entre sus labios, y empezó a gemir cuando él inició un suave vaivén friccionando sus pelvis. El miembro masculino la estaba acariciando sin penetrarla—. Así, más, por favor, Marcus.

Él no le respondió, pero sus gruñidos y el poder del choque de sus cuerpos le anunciaron que ahora arremetía contra ella con precisión. Jadeando intentó girar el rostro para besarlo, pero él se lo impidió, pegando mejilla con mejilla y sujetó su mano antes de que intentara tocarlo.

—Tócate los pechos.

La mano libre fue a uno y siguiendo su orden se dio placer hasta generarse un dolor insoportable en sus zonas más frágiles. Una potente oleada de calor se instaló en su vientre bajo y ahogó un jadeo cuando él guio su mano hacia su vagina, obligándola a tocarse a sí misma.

—Metete un dedo aquí —susurró el su oído, haciéndola temblar mientras algo le abría levemente abajo y luego se retiraba con rapidez para que ella lo reemplazara con el dedo.

—Yo…

—Imagina que este es tu libro.

—¡Ah! —Metió dos dedos, que para su sorpresa se deslizaron con facilidad encontrándose con la humedad de la que Marcus le habló y abrió los ojos angustiada cuando la gruesa presión volvió acompañándolos a ambos.

—Muévelos, un rápido mete y saca.

Gimoteando, totalmente angustiada, siguió cada una de sus órdenes hasta que algo tibio inundó sus dedos y el grueso miembro, llevándola a desplomarse contra el frio mueble, encontrando así un poco de paz interior.

Él no la hizo girar, pero para su sorpresa lamió sus dedos con deleite y luego los llevó hacia su boca.

—Pruébate, eres deliciosa.

Aturdida lamió sus dedos y deseó con todas sus fuerzas besarlo. Él no había vuelto a besarla desde el día que discutieron y para variar no se le apetecía verla desnuda porque ya se había puesto de pie, arreglando sus pantalones.

—Arréglate, te esperaré abajo.

No planeaba verla desnuda, pero al menos todo lo que habían hecho era un gran avance en su relación, ¿verdad?

Capítulo 6

A los tres días, como de costumbre, tanto Benjamin, su esposa y Oswin abandonaron la casa dejándolo solo con Bonnie, por lo que el invernadero era un agradable lugar para subirle la falda y acariciar sus puntos frágiles mientras ella gimoteaba y se retorcía de placer.

—Ábrete más, cariño —musitó con deleite, observando como las piernas se separaban aún más e inhaló pesadamente apreciando la piel húmeda, rosada y palpitante.

Clavó sus dedos con mayor precisión, haciendo un gancho en su interior y se pasó la lengua por los labios al ver como ella se corría en sus dedos. Bajó la falda del vestido y la ayudó a sentarse, para después hacerla probar su sabor con descaro penetrando su pequeña boca.

—¿Te gusta?

Con las mejillas sonrojadas, ella asintió y lamió sus dedos con descaro.

—Pero quiero probarte a ti.

Enarcó una ceja.

—Creo que estás leyendo demasiado. —Su vocabulario recientemente adquirido la delataba.

—Oh sí… —musitó roncamente, posando la mano sobre su miembro—. Y quiero probarla, chuparla y lamerla como si no hubiera un mañana.

La boca se le secó y dejándola sentada en la banca de piedra, Marcus se puso de pie posicionándose frente a ella. Miró a los alrededores, como siempre los criados simulaban que nada pasaba y ni siquiera los seguían —seguro orden de los barones—, y se abrió los pantalones con maestría dejando su falo a la intemperie, frente a la hermosa boquita que pronto lo rodearía.

La escuchó tragar con fuerza y se preguntó si estaría siendo muy brusco.

No. Ella quería conocerlo y tenía que saber que el sexo era fundamental en su vida.

Bonnie no atrapó su miembro con la boca, pero sus manos lo exploraron. Ahora estaban a la luz del día, no como la noche que lo probó en la oscuridad, por lo que estaba seguro que la había sorprendido levemente con la imagen.

Tiró la cabeza hacia atrás cuando acunó sus sacos llenos, provocando que su verga palpitara y siseó una maldición cuando le regaló un largo lengüetazo hasta llegar a la punta donde su placer ya brillaba con en la punta.

La sujetó de la cabeza y ella respingó, levantándola mirada. Estaba confundida y él esperó que la arremetida en su garganta le hubiera aclarado la mente. Adoraba llevar el control, siempre era él quien daba el primer golpe, por lo que antes de que ella lo consumiera con su lengua como lo hizo la primera vez, prefería ser él quien le nublara la mente desde un principio.

Sus manos rodearon sus nalgas, aferrándose a él mientras se abría paso en su cavidad y gimió roncamente disfrutando del sonido de sus arcadas y gruñidos mientras le engullía el miembro en su garganta. Sus sacos fueron nuevamente poseídos y bombeó con más fuerza mientras ella los amasaba.

Lejos de detenerse, Marcus llegó al límite de su excitación y pronto se corrió en su boca sin darle anuncio alguno o chance para que se retirara.

Tragó, chupó, tragó, lamió y siguió tragando sin mostrarle queja alguna por la brusquedad con la que la penetró en la boca.

Se separó, guardando con prisa su miembro y recompuso su estado con las manos temblorosas.

A esas alturas el matrimonio ya estaba en la puerta de su casa, difícilmente podría decirle no a Bonnie después de hacerle todo aquello. No era un desgraciado y jamás se aprovecharía de ella de aquella manera como para simular que no estaba pasando nada serio entre ellos.

—¿Por qué no me desnudas? —espetó sugerente, poniéndose de pie.

Dio un paso hacia atrás. No estaba listo para verla desnuda, iba a volverse loco y terminaría tomándola sin reparación alguna y eso podría ser peligroso para los dos, por lo que lo mejor sería esperar a que tomara una decisión respecto al tema.

—Hablaré con lady Windsor para acabar con todo —desvió el tema con éxito, pues ella se distrajo en el instante que mencionó a la morena.

—¿Tienes algo con ella? —inquirió con incredulidad y él detectó los celos al instante. Quiso reírse.

—No, pero creo que ella y su esposo creen que sí, así que quiero aclarar todo antes de que lleguemos a un acuerdo.

Sus ojos brillaron.

Oh sí, su mujer sabía que pronto la desposaría, siempre y cuando aceptara la propuesta que tenía para ella. Bonnie merecía conocer su verdad.

—Oh, ya veo —dijo con repentina timidez y se mordió el labio inferior, mirándolo con ansiedad—. ¿Cuándo hablarás con ella?

—En el baile de los condes de Norfolk.

—Entonces no iré —soltó segura de sí misma y él se confundió.

—¿Por qué?

Se encogió de hombros.

—No quiero distraerte.

Sonrió, no pudo evitarlo.

—Si es lo que deseas.

Ella asintió.

—Me contarás todo, ¿verdad?

Acunó sus mejillas al detectar un leve temor en su voz.

—No habrá nada interesante, cariño.

Al notar que nada sería capaz de distraerla, Marcus tiró de ella hasta llevarla a una enredadera que estaba en la pared.

—Sujétate muy bien —susurró con voz ronca, levantándole la falda de su vestido—. Sabes que amo frotarme contra ti.

No podía penetrarla, pero sí sentir el contacto de piel con piel. Ella gimió y pronto sus cuerpos estuvieron chocando por largos minutos en lo que él hacía que Bonnie se olvidara del mundo, y sólo se concentrara en él.

Muy pronto… sólo sería cuestión de días para que esa mujer fuera oficialmente suya. Aunque… antes tenía que confirmar algo y eso era qué tan fuerte era el poder que Bonnie tenía sobre él.

***

¿Confiaba en Marcus?

Asintió.

Por supuesto que lo hacía, por lo que estaba segura que ahora mismo él estaría hablando con lady Lisa para aclarar las cosas, una clara señal de que él la había elegido a ella.

Caminó de un lugar a otro con nerviosismo.

No tenía idea como había llegado a esa situación, pero ya no era la misma mujer de antes. Conocer el placer la estaba corrompiendo y ahora sólo deseaba ver a Marcus otra vez, besarlo y probarlo sin restricciones. Toda esa semana él le permitió conocer un placer infinito, pero ella sabía que había más porque ni siquiera habían llegado a verse desnudos, así que esa era la promesa de un gran inicio.

Tragó con fuerza.

Lo anhelaba y pronto lo tendría. Para ellos no había marcha atrás, sus vidas estaban conectadas con lazos irrompibles; él le había tocado reclamándola como suya y ahora lo era y ella no dejaría que se arrepintiera por sus decisiones.

Se acercó a la ventana, observando el oscuro jardín y deseó que todo marchara bien esa noche para su hombre.

***

Marcus debería sentirse preocupado, pues un malentendido había provocado que el duque de Windsor sacara a su mujer del baile al que había asistido esa noche, hecho furia —creyendo que ambos eran amantes—; y en vez de pensar en la morena que lo único que había hecho era pedirle que se alejara de ella para que su matrimonio no fuera de picada, él sólo podía pensar en la rubia de mente libertina que le había dado horas de placer durante la última semana.

No estaba seguro, pero quizás era el momento de dar el último paso en aquel extraño cortejo que estaba llevando a cabo con Bonnie. Ella era una mujer pasional y algo, muy en el fondo, le decía que a ella no le afectaría enterarse acerca de sus preferencias en la cama. Dios santo, la había sometido a cada encuentro más retorcido que el anterior y no había tenido el coraje de verla desnuda, el temor de perder los estribos lo había llevado a terminar cada uno de los encuentros alejándose de ella mientras ella misma recomponía sus prendas.

Bonnie era puro fuego y pasión, cada una de sus respuestas era más atrayente que la anterior. Aunque, claramente, llevaba aprendiendo un nuevo vocabulario gracias a sus nuevas lecturas que había encontrado en la biblioteca de su padre.

Marcus, quiero probarte.

La piel se le erizó con sólo recordar la melodiosa voz y el tierno mohín lleno de picardía y astucia.

Esa mujer era un peligro y ahora más que nunca no quería soltarla.

Tenía que admitir que había intentado acercarse a lady Windsor para probar si ella era capaz de provocar lo mismo que Bonnie en él; no obstante, el resultado había sido catastrófico porque no sólo lo había rechazado, sino que le había hecho ver lo mucho que le afectaba que le faltase al respeto.

Tenía que concentrarse en Bonnie, ya no podía seguir engañándose, ella era la única a quien quería cortejar y con quien quería casarse. Además, era perfecta, aun pagando sus deudas su fortuna sería inmensa para que pudiera mantenerla en óptimas condiciones después del matrimonio.

Revisó su reloj de bolsillo y lanzando un suspiro tocó la campanilla. Pidió que le prepararan el carruaje y luego se dirigió a Triunfo o derrota, donde Oswin lo había invitado para compartir un agradable momento. Bueno, a decir verdad sabía que hablarían de Bonnie, su amigo no era idiota y estaba claro, para todos, que su relación se había solidificado y solamente faltaba dar el último paso que era pedir la mano de la dama.

Aunque… a él le quedaba un paso antes de ese y era invitarla a su residencia de soltero para confesarle y demostrarle todo lo que podría esperar de él en el lecho.

El sólo pensarlo hacia que la ansiedad lo carcomiera. Adoraba a esa mujer, realmente la amaba y lo había confirmado con el pasar de los días, pero… ¿y si la perdía una vez que ella conociera la verdad? Si Bonnie llegaba a rechazarlo no estaba seguro de lo que haría después con su vida.

Retirando todos los pensamientos negativos de su cabeza se dirigió al club, y una vez que estuvo dentro encontró a Oswin junto a la dama de compañía que solía frecuentar. La señorita Jocelyn era la mejor cortesana de Triunfo y derrota al igual que la más hermosa con su larga cabellera dorada, no era una sorpresa que estuviera con Oswin, quien era mucho más atractivo que ella y podía pagarle mucho mejor que cualquiera de los hombres de esa estancia.

—Lamento la demora —respondió con desgana, esperaba que no le sugiriera coquetear con una prostituta.

—Cariño, ve por dos copas de whisky —pidió con voz ronca y la mujer rio tontamente para seguir la orden del rubio.

Marcus se sentó frente a él y observó la estancia con curiosidad. Triunfo o derrota siempre era un rebosar de personas, era el club más prestigioso de Gran Bretaña y estaba liderado por cuatro nobles de gran poder —algo curioso porque los nobles no trabajaban—, por lo que nadie se atrevería a cuestionar absolutamente nada del establecimiento.

—Le diré a Jocelyn que nos brinde nuestro espacio.

—Creí que ya habías terminado todo con ella.

Se encogió de hombros.

—Siempre está dispuesta, no es como si ahora fuera mi querida.

—¿No piensas casarte? Tu padre quiere que encuentres una buena esposa.

No le respondió, sino que barajeó el fajo de cartas con indiferencia.

—Lo encontraré en un futuro muy lejano, no hay nadie que llame mi atención.

Arrugó el entrecejo y con una sonrisa retorcida lanzó una pregunta astuta.

—¿Buscas a una dama muy hermosa?

Oswin levantó la vista con seriedad, algo poco común en él, y luego la regresó a las cartas.

—No precisamente. Busco a una mujer fácil de dominar.

—Ya veo… ¿Hija de condes, marqueses o duques?

—Lo que sea —siseó sin mirarlo.

—¿Rubia o morena?

—Lo mejor será que te calles —amenazó irritado, dado que no le gustaba que lo relacionaran sentimentalmente con lady Janette, la solterona mejor conocida como el esperpento empobrecido de Gran Bretaña.

La mujer no era tan desagradable a la vista, para Marcus simplemente carecía de estilo y buena personalidad; era una dama muy intensa desde su perspectiva.

Una vez que estuvieron con sus copas iniciaron un juego amistoso, hablando de temas banales como la política, las aburridas veladas y su tedioso papel como caballeros solteros "en busca" de damas adecuadas. Lo cual, por supuesto, estuvo planeado para que Oswin ingresara al tema de su interés.

—¿Qué planeas hacer con mi hermana? Estuve viendo que pasan mucho tiempo justos —comentó observando sus cartas y Marcus no se sobresaltó por su pregunta.

—Siempre fuimos amigos, no tiene nada de…

—Mi hermana te ama y lo sabes, si me dices que haces todo esto porque es una amiga me veré obligado a romperte la cara, no quiero que la ilusiones, Hamilton.

De acuerdo, Oswin se estaba tomando muy en serio la situación de su hermana menor.

—Me gusta, la estoy cortejando con discreción porque ambos así lo acordamos.

—He de suponer que se casarán para el final de la temporada, ¿verdad? —inquirió mirándolo de soslayo y Marcus asintió.

—Siempre y cuando ella me acepte.

—Lo hará. No creas que todos esos momentos que se quedan solos son casualidad, mis padres lo están planeando y tengo la fe de que mi hermana sigue siendo doncella porque la respetas en todos los sentidos de la palabra.

Él no le hacía nada que ella no quisiera.

—Por supuesto —respondió impertérrito y la noche continuó con normalidad después de aquella conversación. Sin embargo, él sí se retiró a la hora y Oswin se quedó, obviamente, con la adorable rubia que se lo llevó a los pisos superiores para disfrutar de una gloriosa noche de placer.

Antes habría sentido envidia de su buen amigo, pero con su Bonnie… ya nadie era suficiente para él. Ella era perfecta y sólo la quería a ella en su cama y entre sus brazos.

***

Acariciando la tersa piel de su amante, Oswin clavó la vista en el dosel de cama preguntándose cómo sería tener a cierta morena entre sus brazos.

Las cosas con Janette se le habían salido de las manos, no supo en qué momento pero ella dejó de verlo como un hombre atractivo para enfocarse en él como su mejor amigo; algo verdaderamente deprimente porque si había algo que no se podía negar, era que su amiga era poco agraciada y él… totalmente lo opuesto.

Su amistad había crecido desde la primera temporada de la dama cuando por un error la confundió con su amante y se abalanzó sobre ella en medio de la oscuridad del jardín, uniendo sus labios, provocando que la dama lo empujara hacia la fuente en su momento de desesperación.

Lejos de mostrarse azorada o cohibida, Janette le había gritado hasta de lo que se iba a morir, dejándolo perplejo pues ninguna mujer le había hablado así. Luego se marchó y lo dejó aturdido en las frías aguas. No tardó en encontrarla después de aquel encuentro, era una de las damas que siempre estaban a los costados de los salones consideradas como floreros.

Lejos de sentir una decepción por su corriente rostro y horrible gusto para vestir, Oswin se había sentido relajado pensando que en ella podría encontrar una buena amiga que jamás llegaría a atraerlo físicamente. No obstante, en una fiesta campestre en la que se había puesto como objetivo llegar a ella, pedirle perdón y ofrecerle su amistad, la había encontrado a lo lejos, siendo burlada por el vizconde de Portman, quien le gritaba sin pena alguna lo desagradable que era a la vista y que jamás podría encontrar un buen pretendiente.

Como resultado, ese día Portman y sus secuaces habían terminado heridos físicamente, y no precisamente porque él hubiera hecho todo el trabajo, sino porque cuando empezó la pelea, Janette decidió unirse a él para darle su merecido al vizconde por faltarle al respeto.

Ese día fue cuando la hizo su amiga. No estaba seguro cuando fue, pero al poco tiempo había caído perdidamente enamorado de todo lo que ella era y le hacía sentir cuando estaban juntos. Sin embargo, una mascarada, antes de que su tercera temporada terminara, había bastado para que ella marcara cierta distancia y dejara claro que era su mejor amigo, un hombre al que jamás vería como tal. Ese año toda esperanza con ella murió; y no era ese el único hecho que lo atormentaba hasta entonces.

Comprendía que no tenía el derecho de quejarse, pero… vamos, ella era una solterona y ni siquiera así tuvo intención de desposarlo.

—¿Algo te inquieta? —inquirió Jocelyn, acariciando su pecho y sin decir mucho se incorporó, deseoso de salir de allí.

—Nada.

—¿Qué sucede con lord Hamilton?

La miró sobre su hombro, ¿por qué le preguntaba respecto a Hamilton?

—¿Lo conoces?

Asintió.

—Es medio popular entre algunas cortesanas.

Enarcó una ceja, nadie le había dicho que Hamilton fuera mujeriego.

—¿Sabes el por qué?

—Bueno… hay ciertos rumores sobre sus preferencias sexuales.

Rápidamente se volvió hacia ella, anonadado.

—A él le gustan las mujeres, piensa casarse con mi hermana —espetó, ofuscado, y la rubia se rio a carcajadas, exasperándolo.

—No me refiero a *esas* preferencias —aclaró, divertida, y él arrugó el entrecejo.

—Habla.

—No lo sé… es confidencial.

—Te pagaré tres veces más a tu tarifa.

Como era de esperarse, la mujer sonrió victoriosa.

—Tengo entendido que en la cama es diferente.

—¿Diferente? Sé clara, Jocelyn —ordenó con severidad y la mujer meditó su respuesta.

—Te diré lo que sé. Cuando el conde aun no era conde, él estuvo en Escocia una larga temporada y conoció a un hombre relativamente peligroso.

Se tensó.

—¿A quién?

—A Caleb Glenn.

Ese hombre era muy popular entre algunas cortesanas dado que tenía cierta costumbre de someterlas a sus deseos carnales ya sea encadenándolas, amordazándolas o utilizando alguna fusta y látigo para adiestrarlas.

No sabía mucho de él por lo que se sentía verdaderamente confundido por todo lo que estaba escuchando en aquel instante.

—Continúa.

—Hamilton es su discípulo, comparte todos esos gustos extraños. Lo sé de primera mano porque contrató a algunas de las cortesanas del club que encantadas cedieron a ser parte de aquel retorcido juego. Nunca fui partidaria del mismo por lo que no podría comentarte a ciencia cierta qué es lo que hace con ellas.

¿Marcus… golpeaba a sus amantes en el acto?

Sudó frío.

—Eso es mentira.

Sujetó sus pantalones y rápidamente se los puso seguidos de su camisa, botas y más. Todo era falso, Jocelyn le estaba mintiendo sólo porque quería un poco más de dinero. Marcus era un hombre reservado, jamás sería capaz de herir a una mujer por mero placer; es decir… ladeó la cabeza.

Era imposible.

—Si no me crees —agregó, arrastrando sus palabras—, puedes ir a su residencia de soltero, esa casa en la que vivía antes de ser el conde de Hamilton. Según las chicas, es ahí donde está todo aquello que él utiliza. Mira que hasta el momento nadie se ha quejado de sus habilidades, pero sí puedo decirte que yo curé unos cuantos azotes de Hilda cuando fue con él y regresó un poco adolorida.

¡No! ¡No podía ser verdad! Si Hamilton era… lo que sea que se le llamara, Bonnie no podía casarse con ese salvaje, ¡él jamás lo permitiría!

Sacó el dinero prometido y lo lanzó sobre la cama con indiferencia.

—Si es mentira —advirtió con frialdad—, vendré a cobrar cada penique pagado.

—¿Y si es verdad? ¿Me remunerarás haber salvado a tu hermana de un matrimonio destinado al fracaso?

Se marchó.

No podía ser verdad, se rehusaba a creer algo tan lejos de la realidad. Marcus era un caballero, jamás sería capaz de herir a alguien para satisfacerse a sí mismo. Ladeó la cabeza, alborotando su rubia cabellera.

Investigaría, y por los santos que no descansaría hasta obtener una respuesta.

Capítulo 7

Bonnie lanzó un suspiro de fascinación cuando terminó su lectura y evitando hacer ruido alguno se dirigió a la biblioteca y dejó el libro de su padre tan cual lo había encontrado. Cuando le costaba dormir, no dudaba en tomar alguno de esas ediciones para distraerse un poco. Ese día, poco había podido hacer con Marcus y cada día se sentía más ansiosa y frustrada porque él no la besaba en la boca ni se atrevía a verla desnuda; y eso de por sí era malo porque en tres ocasiones había quedado totalmente libre de ropas mientras él le brindaba placer.

Regresando a su alcoba se dio suaves toquecitos en el mentón y sonrió, risueña. Iban a casarse, estaba segura que lo harían porque Marcus no sería capaz de hacer tanto con ella y no responsabilizarse de sus actos; era un caballero y su sentido del honor era impecable, por lo que pronto sería la condesa de Hamilton.

Llena de felicidad giró sobre su lugar y paró en seco al escuchar una voz muy familiar.

—¿A qué se debe el motivo de tu felicidad? —Se volvió hacia su hermano.

—¿De dónde vienes? —curioseó, acercándose a él.

—Del club. —Oswin inició su marcha hacia su alcoba y ella lo persiguió.

—Te viste con Marcus, ¿verdad?

—En efecto.

—¿Se quedó contigo hasta esta hora?

Era más de media noche, no sería un buen presagio.

—Se marchó temprano.

Eso quería decir que su hermano estuvo regodeándose con una fulana. Hace unas semanas, ese pensamiento la habría alarmado, pero ahora más que nunca sabía lo normal que era sentirse entusiasmado por compartir un momento íntimo con el sexo opuesto.

—¿Preguntó por mí?

—No lo recuerdo. —Fue la escueta respuesta y Bonnie gruñó.

—¿Estuvo, quizás, con alguna mujer?

—No.

¡Perfecto!

Detuvo su paso.

—Qué descanses. —Se dirigió a su alcoba ignorando las quejas de su hermano, pues aún no le había contestado a la única pregunta que le había hecho esa noche.

A la mañana siguiente, mientras elegía las joyas que usaría ese día, Janette parloteaba por su alcoba caminando de un lugar a otro analizando qué podría hacer para insinuarle a Marcus que era el momento de dar el siguiente paso; es decir, pedir su mano.

—No lo sé, creo que después de tanto tiempo haciendo… —hizo un gesto con la mano para referirse a los momentos íntimos que tenía con Marcus y Bonnie asintió— eso; él ya debería solicitar una audiencia con tu padre.

—Pronto lo hará. —Se puso su collar de perlas y estudió su peinado y el escote de su vestido. Llevaba una prenda celeste, con un escote recto. El corsé se ceñía adecuadamente a su cintura y la falda se expandía con regocijo por sus piernas. Era hermoso.

—Eso espero, es un milagro que Oswin no sospeche nada de lo que estás haciendo. A no ser que lo sepan, hablo en plural porque tus padres se están haciendo a los de la vista gorda para que puedas convencer a lord Hamilton.

Esa mujer era como otro miembro de la familia y conocía a todos muy bien.

—Deja de pensarlo, Marcus no dará marcha atrás, él se responsabilizará.

Sujetó su abanico, un accesorio que no podía faltar en su indumentaria porque adoraba cada vez que él la azotaba con el mismo. Los pezones se le tensaron con solamente recordarlo y se mordió el labio inferior con ansiedad, ¿a qué hora llegaría? ¿Tardarían mucho sus padres y hermano en largarse? Janette se iría con Oswin, por lo que no había riesgo de que se quedara con ella.

—Qué sea rápido, no es por nada pero oí un rumor; se dice que hace unas noches estuvo con lady Windsor en uno de los salones de los condes de Norfolk, por lo que espero que no esté jugando contigo.

—Seguro no fue nada serio. —Marcus le había informado sobre aquella reunión así que no tenía por qué preocuparse.

—Sólo vine a decirte eso —agregó su amiga, tomando su ridículo y la miró confundida a través del espejo.

—¿Te vas?

—Sí, mi padre recuperó algo de su fortuna y mi madre quiere llevarme con madame Gale, cree que aún puedo verme bien para atrapar un buen pretendiente.

No quería decirlo, pero no le vendría nada mal un nuevo guardarropa. De su medida, claro está.

—Suerte —contestó con sinceridad.

—No pienso usar tonos pasteles —refunfuñó mientras salía de su alcoba y Bonnie regresó toda su atención al espejo.

Como era de esperarse, todos se encontraban en el comedor para cuando ella ingresó; se sentó junto a su futuro esposo —pues estaba segura que se casarían— y disfrutó de la comida bajo la atenta e inescrutable mirada de Oswin.

—¿Qué pasó con Janette, querida? Creí que se quedaría — inquirió su madre con confusión al no ver a la pelinegra por ninguna parte.

—El conde de Warwick recuperó su fortuna —respondió su padre por ella—, supongo que ahora estarán buscando algún pretendiente para la dama.

Aprovechando que el tema de su amiga salió a flote y su hermano se volvió para hablarlo con su padre, Bonnie se dirigió a Marcus con discreción.

—Te noto un poco ausente —comentó bebiendo de su té y el pelinegro sonrió con desgana.

—Puede ser. Tengo algo muy importante que hablar contigo — susurró, observando de soslayo a los presentes.

—¿Algo bueno o malo?

Ahora su mirada profunda cayó sobre ella.

—Dependerá mucho de como quieras tomarlo.

Tomando en cuenta que quería ser optimista, sería bastante positiva en cuanto las nuevas noticias de su futuro prometido. Dudaba que fuera algo muy importante, en las últimas semanas había descubierto cierto afán en Marcus de dramatizar y exagerar las cosas.

—Bueno, sólo me queda esperar para saber qué tienes para decirme.

—Saldremos de paseo; ya lo hablé con tu padre.

Las manos le temblaron. ¡Era un gran paso! Todo este tiempo el cortejo secreto que estuvieron llevando fue dentro de su casa, pero ahora… salir al exterior era una noticia maravillosa.

—¿Debería ir por mi sombrero? —preguntó con emoción contenida y la comisura del labio masculino tembló.

—Primero come.

—Esto quiere decir ¿qué necesitaré energía, milord? —musitó con voz aterciopelada y tarde se dio cuenta de su error, pues los ojos de Marcus se oscurecieron, provocando que sus mejillas se tiñeran y la necesidad de sus manos sobre su cuerpo la consumiera.

—En efecto. —Retiró la vista, clavándola en su taza de café y Bonnie se dio unos minutos para regularizar los latidos de su corazón. Estaba loca, ese hombre le había arrebatado la poca cordura que tenía y ahora ella no la quería de regreso.

De verdad, ¡una locura!

—¿Te sientes enferma, querida? —Su mirada se encontró con la de su hermano y ladeó la cabeza—. Ya veo, espero estés lista para dejarte ver en público, pues para todos los buitres que te quieren como esposa estás delicada de salud y salir a caminar por Hyde Park es darles la señal de que pueden pasar por casa para solicitar su paseo personal.

Resopló, algo impropio para una señorita, y le dio un mordisco a su tostada.

Se había olvidado de ese pequeño detalle. Todas esas semanas evadió a todos los caballeros que querían cortejarla alegando que se encontraba enferma y que recibirlos sería imposible, su padre decidió ayudarla —dado que al igual que todos en su casa prefería a Marcus como su esposo—, pero si se mostraba con el conde nada podría salvarla de lo que se avecinaría mañana a primera hora.

La mano masculina se posó sobre su muslo, dándole un ligero apretón y con una sonrisa lo miró de reojo. Marcus no lo permitiría, ya le había marcado en el alma como suya y ella jamás sería capaz de irse con otro que no fuera él.

—Nada puedo hacer contra eso, hermano —respondió escuetamente, percatándose de cierto brillo diabólico en la mirada color cielo. ¿Qué demonios le sucedía a Oswin?

Todo indicaba que para Marcus tampoco pasó desapercibida la desconfianza en los ojos y en el tono de voz de su hermano porque una vez que estuvieron solos en la calesa que se dirigía a Hyde Park, lanzó una pregunta, curiosa.

—¿Tu hermano no apoya nuestro posible compromiso?

Claramente, la palabra «posible» estaba de más.

—No lo creo, ¿te comentó algo a ti?

—El día de ayer no parecía molesto en cuanto al tema.

Así que habían hablado de ella… sonrió en sus adentros.

—Seguro tuvo una mala noche con su querida.

La fulminó con la mirada.

—Una señorita no habla de esos temas —farfulló con rabia y ella se enderezó.

—Tú no te quedaste con ninguna, ¿verdad? —inquirió con un tierno mohín en los labios que lo hizo suspirar con frustración.

—No, por supuesto que no.

—¿Entonces no intentaste tener una amante todo este tiempo? —preguntó, esperanzada, y la culpa brillo en los ojos de Marcus, dejándole un amargo sabor en la boca—. ¿Con quién?

—Yo… necesitaba cerrar el ciclo con lady Windsor.

Una fuerte presión se instaló en su pecho y agradeció a los cielos que la calesa se detuviera, aceptó la mano que él le ofreció para descender del carruaje y una vez que estuvieron a una distancia razonable de sus criados, él volvió a hablar.

—No pasó nada, cariño.

—¿No pasó nada porque ella no quiso o porque tú no quisiste? —No se atrevió a mirarlo a los ojos, pero en su voz estaba alojada la molestia, la decepción y los celos.

Muchos celos a causa de lady Windsor y sus enormes senos.

—No iba a conseguirlo, juro que no puedo dejar de pensar en ti.

Esa no era una respuesta para su pregunta, por lo que estaba claro que su respuesta no iba a gustarle.

—¿A qué estás jugando, Marcus?

—A nada, es sólo que tú me confundes.

—¿Y por eso quieres acostarte con una mujer casada?

—No pasó nada —repitió presionando su brazo para que guardara silencio, muchos ojos estaban sobre ellos—. Y antes de que te lleguen rumores, la dama me preocupa, es una mujer muy amable a la que acabo de meter en un problema con su esposo. Él nos encontró en la fiesta de los condes y las cosas no terminaron muy bien.

—De acuerdo —susurró y el agarre se aflojó alrededor de su brazo.

—No pasó nada y por eso prefiero decírtelo ahora antes de que el rumor te llegue por terceros. Pueden inventar cosas que nunca ocurrieron.

—Janette me lo contó.

—¿De casualidad esa mujer quiere ser la futura vieja chismosa de los salones de baile?

Lo miró con incredulidad, sintiéndose verdaderamente ofendida. La morena se hizo su amiga y no permitiría que nadie la insultara.

—Lo siento, no quise ser tan grosero. —Se adelantó con sus disculpas antes de que hiciera todo un escándalo y Bonnie selló los labios, conteniendo su enojo.

Cuando estuvieron alejados de la multitud y de los ojos indeseados de los chismosos, Bonnie se apoyó contra la corteza de un árbol y juntó las manos sobre su regazo, mirándolo con fijeza. Marcus sondeaba por el lugar, como si no quisiera que nadie estuviera cerca para oír lo que tenía que decirle.

—¿Cuándo pedirás mi mano? —soltó su pregunta con tosquedad, recordando la conversación que tuvo con Janette, y él se volvió hacia ella con un deje lleno de sorpresa, que pronto pasó a ser uno de incredulidad.

—No recuerdo que nuestro trat…

Avanzó hacia él peligrosamente.

—Me desnudas, me tocas y te rozas contra mí como si fuera tu mujer; no esperes que ahora piense que te echarás para atrás, puede que siga siendo doncella, pero has hecho estragos con mi cuerpo y debes responsabilizarte.

El semblante masculino levantó una capa de hielo al instante, enviándole un estremecimiento a la espina dorsal.

—Tú te ofreciste —notificó, recordándole todas sus suplicas, y el calor trepó por sus mejillas—. Y déjame decirte que me parece de muy mal gusto tu comentario cuando desde un principio estuviste al tanto de cómo funcionaban las cosas conmigo. —Se encogió, verdaderamente azorada—. Quiero casarme contigo, pero antes de eso necesito mostrarte algo y quiero que sea esta noche.

—No entiendo —confesó, aturdida, y Marcus dio un paso hacia ella.

—Irás a mi residencia de soltero. Enviaré un carruaje para que vaya por ti, espéralo a media noche. Debo enseñarte algo y créeme que de esta noche dependerá si el día de mañana solicito su mano y dentro de poco te reclamo como mi mujer.

El corazón le dio un vuelco, generándole todo un revoloteo en su interior. Él sujetó sus manos enguantadas y se las besó.

—Pero debes prometerme que pase lo que pase, todo quedará en secreto y nunca serás capaz de odiarme. Todo esto es por ti y si lo que te muestro llega a desagradarte debes perdonarme y olvidarme, porque es una parte muy importante de lo que soy y jamás podré escondértela.

Bueno… le habría gustado que añadiera: «porque eres la mujer más importante para mí», pero era un buen inicio. Al parecer tenía un secreto para contarle y este podría gustarle tanto como disgustarle.

—Lo prometo. —Sonrió, risueña, y le dio un beso fugaz en los labios—. Aunque dudo que llegue a odiarlo, amo todo lo que eres y por lo tanto; amaré tu lado oscuro tanto como este que siempre sueles enseñarme.

Marcus inhaló con fuerza y dándole una última mirada al lugar, tiró de ella para adentrarla dentro de los grandes setos. Lejos de desnudarla o tocarla como acostumbraban, la envolvió en un fuerte abrazo inhalando su olor con parsimonia.

—Eso espero, cariño —susurró contra su piel y ella le respondió el abrazo.

—¿Sabes qué espero yo? —inquirió con voz ahogada, enterrando el rostro en su fornido pecho.

—No.

—Que me ames, Marcus.

No tuvo una respuesta, pero para su sorpresa él no respingó ni se inquietó por su petición, simplemente besó su coronilla y la acunó en sus brazos con mayor precisión.

—No puedes fallarme esta noche, Bonnie, después de todo lo que debo enseñarte y tu respuesta en cuanto al tema, te diré algo muy importante.

—¿Qué, me dirás que me amas? —bromeó para aligerar la tensión en el ambiente y esta vez sí se tensó bruscamente.

—Debemos volver. —Rompió el abrazo, ganando algo de distancia y lanzó aquella pregunta que aún permanecía dentro de ella, galopando con fuerza en su garganta para poder salir.

—¿Por qué no me besas?

—Lo haré esta noche; es una promesa.

Entrecerró los ojos, ¿qué era aquello tan importante que tenía que decirle? Por alguna extraña razón, eso empezaba a inquietarla.

—¿Y no me harás nada? —Quiso saber—. Hoy no me tocaste como me gus…

—Espera —le cubrió la boca con la mano, mirando a los alrededores—, no digas nada aquí, regresemos a tu casa.

—¿Y en mi casa me harás algo? —preguntó con picardía y él rodó los ojos, guiándola fuera de su escondite.

—¿Es en lo único que piensas?

—En realidad no; pero es lo único que espero todos los días por si deseas saberlo.

No pudo verlo, pero podría jurar que sonrió de lado.

—Te lo daré en la noche.

Ahora menos que nunca podría faltar a su cita clandestina.

—Marcus —corrió un corto tramo para tomarlo del brazo y conseguir que él fuera más despacio para que pudieran estar a la misma altura—, después de esta noche, ¿prometes que me tomarás en serio?

—Sólo espera, por favor. No puedo prometerte nada hasta que veas lo que debo mostrarte.

¡Qué hombre más exasperante!

Capítulo 8

Aun no podía creer que Bonnie no fuera capaz de ver lo mucho que la amaba. Si bien en el fondo parecía ser una ventaja más que una desventaja, pues no estaba seguro si ella lo aceptaría después de conocer sus… preferencias en la cama, le dolía levemente que no viera lo loco que lo volvía con su simple presencia.

Ella era simplemente perfecta, llevaba años sabiéndolo pero ahora, que pudo confirmarlo compartiendo maravillosas semanas con ella, no quería perderla ni dejar que nadie descubriera aquel delicado y apasionado tesoro.

No quería ilusionarse, pero estaba que se moría de la ansiedad con todo lo que estaba sucediendo. Si lo aceptaba… dudaba poder esperar hasta el día de su boda, la besaría y la tomaría como llevaba deseándolo hacer desde hace años.

Si bien su situación económica no era la mejor por ahora, Marcus no permitiría que su primera vez fuera poco especial, por lo que había adquirido unas cuantas docenas de rosas con lo poco que tenía para poder recibirla como se lo merecía. La alcoba estaba llena de las mismas y el piso tenía un camino armado únicamente con rosas. Frente al espejo, donde colgaban largas y pesadas cadenas, dibujó un circulo con los pétalos para ponerla allí y mostrarle lo hermosa que se vería desnuda y rendida ante él.

Oh sí… la vería desnuda, por fin podría disfrutar de las vistas que ella le ofrecería.

Siempre y cuando, ella aceptase.

El hogar estaba prendido, la alcoba se encontraba a una temperatura agradable, por lo que no tenía nada más que supervisar en aquel lugar. Estarían solos, él no tenía personal en esa casa porque no podía costeárselos ahora que tenía que pagar los servicios de aquellos criados que atendían la mansión del condado. Sin embargo, todo estaba impecable, había traído a dos de sus criadas para que pusieran la casa reluciente.

Revisó la hora y al percatarse que aún faltaba media hora para las doce, se dirigió al primer piso para servirse un poco de whisky en su despacho. Esperaba que ella no malinterpretara nada de lo que fuera a explicarle, muchas personas creían que las personas con sus gustos sólo se dedicaban a lastimar a sus amantes; no obstante, la historia era otra, ellos buscaban llevarlas al límite de sus sentidos. No eran amantes egoístas; sí dominantes, pero no egoístas.

Era una lástima que Bonnie no hubiera encontrado un libro de aquel tipo, le hubiera gustado conocer su reacción en cuanto al tema.

Abrió el cajón de su escritorio y muy escuetamente sujetó su fusta, la empuñadura era aterciopelada, un guindo sangre lo cubría brindándole un aire de erotismo. Caleb se la obsequió cuando dio por terminado su aprendizaje, alegando que ya estaba preparado para enfrentarse a cualquier fémina sin necesidad de temer lastimarla. Era necesario conocer lo que uno hacía, pues lo que menos querían era dañar a sus amantes.

¿Podría usarla con Bonnie?

Iría por partes, primero le mostraría la alcoba y luego las cadenas, si ella accedía a que la sometiera le explicaría que también usaría la fusta; si daba un paso hacia atrás, daría por sentado que sería el final de su cortejo. Pero, si aceptaba el trato, primero le haría el amor, su primera vez no sería bajo la rendición, sino en una cama donde pudieran amarse a la par.

Un toque en la puerta principal llamó su atención y miró su reloj de bolsillo. Aún faltaba veinticinco minutos para las doce. ¿Podría ser que Bonnie se hubiera adelantado? No le sorprendería, era una mujer bastante intrépida y nada era capaz de detenerla cuando se proponía algo.

Dejó la fusta sobre su escritorio y se dirigió a la puerta principal. Dudaba que fuera una de sus amistades, ellos irían a su mansión, no a su residencia de soltero que para muchos estaba desalojada.

Abrió sin pensarlo y la sangre se le congeló al ver a Oswin allí, con su alto sombrero y su capa color noche, tan elegante como atractivo. No comprendía qué estaba haciendo en su casa ni mucho menos porque lo miraba con tanta seriedad.

—Hasta que por fin doy contigo —espetó con fingido regocijo y Marcus lo observó con recelo—. Te estuve buscando por horas.

Mentira. Su gente se lo habría comunicado de ser así.

—Ya me encontraste, para qué soy bueno —respondió con seriedad, sin darle chance a burlarse de él.

—¿No me invitas a tomar una copa? —Enarcó su poblada ceja.

—No creo que sea…

Lo pasó de largo, estaba claro que Oswin no aceptaría un «no» por respuesta.

—Tengo algo muy importante que comentarte, me tiene un poco angustiado y creo que eres el único que puede instruirme en cuanto al tema.

Al darse cuenta que iba hacia su despacho, Marcus cerró todo y lo siguió con prisa, sin embargo, ya era demasiado tarde, Oswin estaba junto a su escritorio evaluando su fusta.

—Habla y luego lárgate.

Le arrebató el artefacto y abriendo levemente su cajón —donde guardaba mucho de sus… objetos favoritos—, la guardó.

—Un poco femenino para salir a cabalgar con ella, ¿no te parece? —preguntó con sequedad.

—No es asunto tuyo —le contestó de la misma manera, la tensión en el ambiente era tan palpable que quería pedirle que se marchara y hablaran otro día.

—¿Esperas a alguien?

—Sí, por lo que debes apresurarte, no puedes estar aquí.

—Muy bien, iré sin rodeos, Marcus. —Endureció su semblante, observándolo con desdén—. Me puedes explicar cómo es eso de que Caleb Glenn fue tu mentor años atrás.

Sus pulmones perdieron toda su capacidad y por unos segundos le costó respirar. No le dio una respuesta y conectó sus miradas, manteniéndose con un semblante inescrutable. No debía alterarse, mientras más tranquilo estuviera para explicarle todo, mejores serían los resultados.

—Lo conocí en un viaje de trabajo y…

—¿Y de verdad crees que sabiendo esto te permitiré casarte con mi hermana?

—Oswin, tú no lo entiendes, estás…

—¡¿Qué no entiendo?! —bramó fuera de sí, impidiéndole hablar—. Disfrutas golpeando a las mujeres, ¡gozas de su dolor! Sientes placer con sus gritos.

—No es como lo…

—¡Estás enfermo!

Se petrificó.

Jamás pensó que aquellas palabras lo afectarían tanto. Sabía que muchas personas los denominaban enfermos y sádicos, pero que su amigo se lo dijera era como un golpe directo en su ingle. Se supone que Oswin lo conocía, ¿cómo podía decirle aquello después de compartir años de amistad?

—Mi hermana jamás aceptará algo tan retorcido, es una señorita, se la crio para que recibiera amor, no golpes de un desquiciado con gustos retorcidos. —Cada palabra estaba emitida con más odio y repulsión que la anterior, sentimientos que prontamente nacieron en él al pretender inmiscuir a Bonnie en aquel mundo—. ¿Crees que Bonnie quiere esto? ¿Quieres tú esto para Bonnie? Ella merece algo mucho mejor, no un esposo como… tú.

—Es suficiente —espetó con crudeza, no necesitaba seguir escuchando aquello.

Oswin tenía razón, había llegado muy lejos y gracias a los cielos él lo descubrió a tiempo para evitar que llegara a un nivel más avanzado. No podía enseñarle todo aquello a Bonnie, era una mujer pura y de corazón noble, saldría horrorizada si llegara a descubrir todo lo que pretendía hacerle. Es más, ¿qué pasaría si aceptaba sólo por cumplirle y terminaba rompiéndola por dentro?

Ladeó la cabeza con rapidez, tenía que detenerse, estaba ambicionando más de lo que podría conseguir.

—No. —Oswin golpeó su escritorio, regresándolo a la realidad—. Nunca será suficiente si no te grabas en la cabeza que Bonnie es mucha mujer para ti. —Le dio toda la razón—. Te alejarás de ella, Hamilton, no te pido que rompas tu amistad con mi padre, pero dejarás tranquila a mi hermana mientras le busco un marido digno de mi confianza. Termina con ella lo que sea que estén teniendo antes de que mi padre sepa la verdad y acabe con todo.

No, todo menos eso, si Benjamin descubría su secreto le prohibiría acercarse a Bonnie.

—Oswin…

—Despierta, Marcus —espetó con desesperación—, mi hermana jamás querrá eso que tú le ofreces, ella… se asustará, así sólo conseguirás su odio.

Algo que él no quería.

—La amo —confesó con voz ronca, apoyando las manos en el escritorio y su amigo alborotó su dorada cabellera.

—Debes olvidarla, si la amas no la sometas a esto. ¿De verdad piensas que Bonnie toleraría un solo golpe con aquella fusta? —Sus miradas se encontraron—. No me mientas, sé que planean verse y algo me dice que ella descubriría parte de tu secreto esta noche.

—Ella es especial, si me dejaras explicarte.

—No quiero. —Alzó la mano para callarlo y Marcus selló sus labios en una fina línea—. Lo que sea que tus amigos y tú hagan con las mujeres en la intimidad no es de mi incumbencia; hieran, golpeen y hagan lo que quieran con sus mujeres, pero no con mi hermana. Lo único que quiero es alejarla de esta blasfemia de matrimonio que pretendes ofrecerle, jamás permitiré que reciba un solo golpe y menos de tu mano. ¡Bonnie te ama! Esto le romperá el corazón, se dará cuenta que no eres… normal.

Se rindió, sus hombros se derrumbaron y se dejó caer sobre el mullido asiento para enterrar el rostro en las manos.

¿Por qué no pudo ver todo aquello?

Era verdad, Bonnie se decepcionaría si llegaba a enterarse sobre sus retorcidos gustos, podría perderla para siempre y era algo que jamás podría permitirse, la amaba mucho como para tolerar una vida lejos de ella con un rechazo de por medio.

Lo mejor sería acabar con todo, darle su tiempo para que ella pueda aceptarlo y luego regresar a ella buscando ser nuevamente su amigo, el único papel que podría adoptar ahora que Oswin sabía cómo era en la cama; pues jamás podría ser su esposo.

—Jamás permitiré esa unión.

Y tenía toda la razón del mundo para evitarla. Cada una de las palabras de Oswin habían sido relativamente ciertas en cuanto a la educación de Bonnie y lo que ella realmente merecía en el lecho matrimonial.

—Podrás encontrar a una heredera pronto, veré qué puedo hacer para ayudarte.

¿Quería hacerlo?

Amaba a Bonnie, y la amaba con una intensidad arrolladora por lo que no se visualizaba junto a otra mujer que no fuera ella. En este momento estaba seguro que la cárcel de deudores no sería algo tan malo después de todo.

Capítulo 9

Con la ansiedad a flor de piel y con los nervios exaltados, Bonnie aguardó a que Marcus le abriera la puerta. Había llegado relativamente tarde y todo porque Oswin apareció en su casa justo en el momento que pensaba abandonarla.

No quería que su hermano supiera sobre su cita clandestina con su futuro esposo, si bien él apreciaba a Marcus, prefería que entre ambos las cosas siguieran como hasta ahora.

Tiritó levemente, aferrándose a su capa oscura, y se mordió el labio inferior, apenada.

¿Qué diría Marcus cuando la viera sin la capa? No es que fuera una pervertida, pero esa noche decidió llevar un vestido bastante ligero —y con ligero se refería a que era la única capa de ropa, aparte de su capa, que llevaba encima—. Ya no podía seguir soportando el rechazo de sus labios y sus ojos sobre su piel, quería que la admirara y la besara, deseaba más que nunca que Marcus la tomara esa noche.

La puerta se abrió, provocando que respingara, y con la respiración agitada se llevó una mano al pecho, exaltada. Lejos de lo imaginado, Marcus la recibió con una fría mirada y con un movimiento de cabeza le pidió que entrara. Avanzó con seguridad, pues jamás podría tenerle miedo, y una vez dentro curioseó por el lugar. Nunca había estado en su residencia de soltero y tenía que admitir que era bastante acogedora; una casa de dos pisos con los muebles necesarios para vivir bien.

Se desplazó por el lugar, dado que ninguno de los dos inició con una conversación, y se percató que todo estaba absolutamente limpio, las pocas velas que alumbraban la estancia le permitían ver lo necesario como para saberlo.

—Es un lugar muy agradable —musitó tiernamente, deslizando la capa por sus hombros; no obstante, la tela terminó arrimada a sus brazos cuando Marcus la sujetó a medio camino para impedir que se le cayera.

Con el semblante confundido se volvió hacia él y arrugó el entrecejo al verlo tan serio. Sinceramente no comprendía qué estaba sucediendo, y si era sincera, le estaba dando mucho miedo la idea de descubrirlo.

—Te he citado aquí para hablarte de algo muy serio.

Mentira.

Él no la citó con aquella intención, las palabras que le dijo aquella tarde estaban cargadas de pasión; y las de ahora, todas eran vacías.

—De nuestra boda, he de suponer —espetó con firmeza, pero lastimosamente la voz le tembló.

Marcus acomodó su prenda con delicadeza, dejándola bien sujeta a la altura de su cuello y luego deslizó sus manos lejos de su cuerpo, marcando así una gruesa línea entre los dos.

—No me casaré contigo, Bonnie.

—¿Cómo? —La voz se le murió y un nudo se formó en su garganta.

—Lo siento —confesó él serenidad, manteniéndose inescrutable—, te estuve usando. Sólo quería un poco de diversión.

—Eso es mentira —soltó quedamente, mirándolo a los ojos—. Me estás mintiendo, dime qué sucedió.

La sangre se le congeló al verlo sonreír con malicia, algo muy poco común en él.

—Sucede que estoy en la quiebra, ninguna mujer se acostará conmigo así como así. Tú estabas dispuesta a complacerme y yo acepté tu buena voluntad, soy un hombre y el sexo es como nuestro pan de cada día.

Cada una de sus palabras le apuñaló en el corazón, pero incluso así se rehusó a creerle. Él jamás diría algo así ni usaría a una persona a su beneficio, menos a ella.

—Dijiste que querías enseñarme algo, que de eso dependería que mañana pidieras mi mano.

—Mentí. —Encogió los hombros con indiferencia.

Sin poder evitarlo la visión se le cristalizó, estar ahí era doloroso.

—No te lo dije en la tarde porque sabía que me reclamarías, así que te traje a un lugar donde pudiéramos hablar a solas. Tu casa tampoco era de mi agrado porque podrías hablar con tu padre.

—¿Qué te hace pensar que aún no puedo? —preguntó con odio, mirándolo con ira contenida, y el enojo brilló en los ojos color azabache.

—¿Aun sabiendo que no te deseo, que no te quiero como esposa y que te repelo estarías dispuesta a casarte conmigo? —Silbó con fingida sorpresa—. Eres valiente, una mala perdedora pero valiente. Yo no lo haría, perderías toda tu fortuna porque obviamente la gastaría en mis amantes: mujeres capaces de complacerme; no como una niñata jugando a ser una mujer madura y exquisita en la cama.

Enfurecida por sus duras palabras lo empujó por el pecho.

—Bien que disfrutabas tocando a esta niñata —escupió con desprecio y él se rio entre dientes.

—No era como si pudiera ser muy exigente.

—¡Me estás mintiendo! —Las primeras lágrimas se deslizaron por sus mejillas—. Yo… dime qué pasó, Marcus —lo sujetó de los brazos—, lo solucionaremos entre los dos, no me hagas esto.

—No hay nada que solucionar. —Se zafó de mi agarre—. Eres tú la del problema, no me atraes, jamás cumplirás mis expectativas.

Ladeó la cabeza, no podía creerle y no quería hacerlo.

Con las manos temblorosas trabajó con prisa y se quitó la capa dejando a la vista su camisola traslucida. Él separó los labios para ordenarle que parase, pero no lo obedeció, se despojó de la prenda hasta quedar totalmente desnuda frente a él.

—No puedes decirme que no te atraigo. —Se limpió las lágrimas de los ojos y se rio con histeria—. Me deseas, tú reaccionas a mí.

Marcus avanzó peligrosamente hacia ella, pero no retrocedió. Esperó su llegada y lo enfrentó con el mentón en alto, aguardando que le dijera algo que pudiera disgustarle, pues esta noche estaba dispuesto a humillarla sin contemplación alguna.

Contuvo el aliento cuando la rodeó por la cintura y separó las piernas en el momento en el que la levantó en vilo. Lo abrazó tanto con los brazos como con las piernas, descubriendo el deseo en su mirar y en el volumen de su erección. No dijo nada mientras él se arrodillaba y la postraba sobre la alfombra que estaba frente a la chimenea.

Su mirada se perdió, mientras su cuerpo descendía hacia su centro y la sangre empezó a quemarle las venas. Iba a besarla allí abajo como aquella vez en su despacho, sería la primera vez que lo hiciera después de aquel encuentro.

—Ma… —Le cubrió la boca con una mano, recordándole aún más a aquella noche placentera.

Como lo había esperado, la boca asaltó sus labios internos sin preámbulos, embistiendo con la lengua mientras que la mano libre aferraba su muslo izquierdo y la instaba a alzar la pierna para que él tuviera mejor acceso.

Gimoteando sin vergüenza, a sabiendas que estaban solos, Bonnie se arqueó, alzó las caderas y se entregó sin prejuicios al momento. La mano que cubría su boca ya no hacía presión, pero pronto la tomó por sorpresa cuando tres dedos exigieron un espacio en su boca y empezaron a penetrarla al igual que la lengua que la probaba allí abajo.

Los dedos se fueron y…

—¡Ah! —Tiró la cabeza hacia atrás, ahora sintiéndolos penetrar en su intimidad y se retorció contra la lengua que lamía su hendidura mientras los dedos le generaban espasmos en su interior—. No te detengas —lloriqueó y los dedos ahora se clavaron en su boca, haciéndola probar su sabor.

Gimió y una ráfaga de calor amenazó con extenderse por todo su vientre bajo, haciéndola contraerse sobre la fina alfombra de la estancia. Marcus le alzó aún más la pierna y sin aviso hundió su lengua en su interior, provocando que algo dentro de ella se rompiera en mil pedazos y se deslizara sin remordimientos para que él pudiera probarlo.

Con la respiración entrecortada, el cuerpo sudoroso y la mente nublada. Bonnie observó cómo se ponía de pie, mirándola con fijeza mientras se pasaba el dorso de la mano por la boca.

—Ya tienes lo que querías —escupió, mirándola con rechazo—, ahora lárgate y déjame tranquilo. No me casaré contigo ni ahora ni nunca.

Devastada. Así se sintió al saber que para él ese momento había sido sólo un desquite para echarla de su casa. Con la visión empeñada se incorporó y aún en el piso sujetó su ropa para ponérsela en silencio, aún aturdida. Con las piernas temblorosas se puso de pie, deseando salir de ese lugar, pero antes de irse lo encaró por última vez.

—No mereces mi amor —dijo con voz rota y él no le contestó con inmediatez, sino que se dio unos segundos para pensar en su respuesta.

Luego la encaró con la mirada.

—Tampoco lo quiero.

Sin poder retenerlo su mano impactó con la caliente mejilla masculina, generando un ruido sordo que se volvió en un eco por la estancia; y sin decir una palabra más, se volvió sobre su lugar y se dirigió hacia el mismo carruaje que la había traído hasta ese lugar.

Una vez que estuvo dentro del vehículo, dejó que toda su frustración se liberara y lloró como si se tratase de una niña pequeña, tratando de comprender qué había pasado en las últimas horas. Ese hombre con el que se encontró no era su Marcus, le estaba mintiendo y que la matasen si se equivocaba, pero estaba segura que lo estaban obligando a tratarla así.

Él la quería, nunca sería capaz de lastimarla, quizás no la amaba pero la estimaba y esa era razón de sobra para que la tratase muy bien; no como lo hizo hace unos minutos.

Se limpió las lágrimas del rostro y respirando pesadamente, decidió dejarlo todo ahí.

Aunque a Marcus lo estuvieran obligando, él debería haberla elegido primero; sin embargo, nunca era así, siempre sería la última opción para ese maldito idiota que no sabía apreciar lo que tenía frente a él.

Sollozó.

Marcus Woodgate podía irse al mismísimo infierno.

Capítulo 10

Aurora Stone no dejaba de caminar de un lugar a otro mientras su esposo e hijo la miraban con seriedad, esperando que tomara una decisión respecto al tema que los tenía reunidos en el salón de té esa solitaria tarde.

—He intentado hablar con ella y no me ha dicho nada, está ajena a todo lo que está pasando, debes hablar con ella, Benjamin —espetó la baronesa, deteniéndose frente a su marido y el hombre acarició su mentón con un deje pensativo.

—Si mis sospechas son ciertas: tuvo un problema con Marcus. Él no vino y esta mañana que nos reunimos agradeció todo el apoyo que le brindamos y espetó que ya no podría compartir las comidas con nosotros.

—Estábamos tan cerca —susurró y Oswin acarició su copa de coñac con indiferencia.

—Hamilton no es el único soltero, ¿por qué no buscar a alguien más? Está claro que no siente interés por Bonnie, no podemos obligarlo a nada.

—Lo único que está claro es que tú no entiendes que el único hombre capaz de hacer feliz a tu hermana es lord Hamilton.

Todos dirigieron la mirada hacia su nueva visita y fruncieron el ceño al no ser capaces de identificarla como la mujer que ellos recordaban. Oswin se puso de pie, exaltado.

—¿De qué te disfrazaste? —ladró y Janette, agitando su abanico color borgoña, avanzó hacia ellos.

—Pregúntale a Madame Gale, fue ella la que llenó mi armario de disfraces —farfulló, enfatizando la última palabra, y los ojos color celeste de todos los presentes la escudriñaron.

Estaban acostumbrados a verla con vestidos mucho más grandes de lo que deberían ser, de colores pastel y con el pelo recogido en un apretado moño sin accesorio alguno; no obstante, esa mañana Janette llevaba un hermoso vestido color borgoña, cuyo corsé presionaba exquisitamente la curva de su cintura y realzaba los redondos y llenos senos de la dama. La falda se deslizaba ampliamente por las largas piernas y los guantes de encaje le daban un aire sofisticado junto al hermoso collar que portaba un simple dije de rubí.

—¡Te ves hermosa, cariño! —espetó la baronesa, fascinada por los hermosos bucles oscuros que acariciaban los pálidos hombros de la mujer—. No estarías soltera si te hubieras arreglado así desde tu primera temporada —musitó mirando de reojo a su hijo, quien si bien hace unos minutos estaba muy calmado, ahora parecía querer asesinar a alguien.

—Mi esposa tiene toda la razón.

—Gracias, mi padre me cedió mi dote dándome mi preciada libertad, puesto que garantiza que jamás podré casarme. Ahora se enfocará en casar a mis hermanas menores mientras mis hermanos buscan esposas, por suerte ellas también ahora poseen sus pequeñas fortunas para atraer a un buen pretendiente.

—Pero no estás vieja —aclaró Aurora—, hablaré con tu padre para que no te retire del mercado matrimonial.

Janette sonrió con desgana —dado que en esa sala todos sabían que los condes no eran muy devotos de la familia de Oswin— y luego abordó el tema que era realmente de su interés.

—Cuando llegué pude escuchar algo de su conversación, ¿pasó algo con Bonnie?

—Quizás puedas ayudarnos, lleva dos días en cama y no quiere salir ni por si acaso. Sus pretendientes no dejan de llamar a la puerta y ella no tiene interés alguno en atenderlos.

—¿Y lord Hamilton?

—Ya no vendrá —susurró la mujer con tristeza y Janette cerró su abanico de golpe.

—¿Bonnie dijo algo de él? —preguntó con los dientes apretados.

—No, pero no importa, le buscaremos otro esposo —siseó Oswin, mirándola con rencor y la mujer lo ignoró.

—Hablaré con ella, veré qué tiene para contarme.

—Intenta que coma algo, por favor, tampoco ha ingerido bocado.

Asintió.

—Que suban un poco de té y pastelillos, algo lograré conseguir, se los prometo.

—Gracias —espetó Benjamin.

—¿Por qué no te mantienes al margen? —preguntó Oswin con rudeza, como si no quisiera que hablara con su hermana, y Janette lo miró con recelo.

—Porque es mi amiga.

—En realidad eres mi amiga, no la de mi hermana —recalcó con retintín y ella sonrió con sorna. Los barones la conocían muy bien como para alarmarse por ese descarado gesto.

—¿Celoso, querido Oswin? ¿No deseas compartirme con nadie?

Por alguna extraña razón, los padres del nombrado se pusieron colorados y él hombre enderezó la espalda aún más.

—Exacto, no quiero que estés cerca de mi hermana. Ni de nadie.

—Es una lástima que lo que quieras me tenga sin cuidado.

Y dichas esas palabras, salió de la salita de té y se dirigió a la alcoba de su amiga con paso presuroso. Algo no andaba nada bien y todo indicaba que Bonnie no tenía la energía suficiente como para averiguar muchas cosas, así que ella tendría que hacer eso por su amiga.

—¿Bonnie? —Tocó la puerta con suavidad y a los segundos ingresó a la estancia, encontrando a su amiga en cama, dándole la espalda mientras miraba el gran ventanal—. Bonnie, dime qué sucedió —exigió cuando llegó a ella y su amiga se volvió muy lentamente hacia ella.

Tenía los ojos rojizos, profundas ojeras y estaba demasiado pálida.

Sí, efectivamente Hamilton la tenía en ese estado.

—No quiere casarse conmigo —soltó con voz quebrada, rompiendo en un suave llanto.

—Shhh… —ordenó con enojo, mirando la puerta y su amiga se calló—. No llores, pronto traerán comida y si te ven así, tus padres sabrán que me dijiste todo.

—Pero estoy triste —confesó con congoja y Janette sonrió.

Se sentó junto a ella, haciendo que reposara la cabeza en su regazo y Bonnie ronroneó ante sus suaves caricias.

—Averiguaremos qué sucedió, ¿él te dijo algo?

—No, pero estoy segura que alguien lo amenazó, iba a decirme algo muy importante y al final terminó rompiendo nuestra relación.

No era que Janette confiara en el conde, sino más bien en la determinación con la que Bonnie confiaba en él, por lo que le daría el beneficio de la duda. Estaba claro que algo no andaba bien, ella era testigo —y no porque los hubiera visto, aunque le hubiera gustado—, que ellos tenían un romance escondido. Intimaban, tenían encuentros carnales que si bien no llegaban a la culminación, se daban placer y esa era razón de sobra para que Hamilton quisiera responsabilizarse o pretendiera tener algo serio con Bonnie.

¿Qué lo había hecho cambiar de opinión en tan sólo unas horas?

Dos criadas ingresaron con grandes y llenas charolas de comida y las dejaron conversar una vez que dejaron todo servido. Bonnie esta vez sí comió, si bien sólo consumió una poca cantidad, fue la necesaria para que Janette tuviera una preocupación menos.

—Cuéntame un poco qué sucedió en su paseo.

No era por creerse, pero ella había leído libros de detectives y ahora se le apetecía descubrir ese misterio. Algo no le cuadraba, si bien ella le había pedido apresurar todo a Bonnie, no era porque temiera que el conde se echara para atrás, sino porque tampoco podían retrasar lo inevitable.

Por lo que su amiga le había contado, el hombre sabía todo de ella, compartían lecturas eróticas, tenían encuentros eróticos y él le había prometido pensar respecto al tema de su matrimonio. Un hombre que no quería nada respecto a una mujer, no le habría puesto un solo dedo encima y habría dado un final a toda esa locura antes de comenzar.

Escuchó todo lo que su amiga tenía para contarle, y podría jurar que el conde había pretendido confesarse aquella noche. Sin embargo, faltaba algo, un punto clave que Bonnie no estaba consiguiendo encontrar.

—Yo tenía que verlo a las doce, llegué un poco tarde porque Oswin me tomó por sorpresa, llegando en el momento que pensaba salir.

Un momento.

—¿A qué hora llegó tu hermano?

—Faltaban diez para las doce.

Estaba segura que él no había ido a ningún club porque de ser así sus hermanos lo habrían visto y se lo habrían contado como los cotorros que eran.

—Oh... ¿y te vio, se enojó mucho? —preguntó con fingido desinterés, acariciando su bucle color azabache. Después de todo su cabello no era tan feo como lo había denominado tiempo atrás.

—No me vio, pero sí estaba molesto. Nunca lo había visto así, entró como alma que se lleva el diablo.

—Seguro tuvo un problema con su amante en el club.

Ella sabía que se acostaba con Jocelyn, la mejor cortesana de Triunfo o derrota, una rubia de figura exquisita y rostro angelical.

—No sabría decirte, la verdad estaba muy ansiosa como para fijarme en él. Simplemente partí cuando se me fue posible y llegué veinte minutos tarde. Entonces…

Oswin.

Él estaba detrás de todo ese embrollo, ahora comprendía porqué había hablado despectivamente del conde cuando llegó. Tampoco quiso que se acercara a Bonnie, seguro porque sospechaba que descubriría su jugarreta.

Entrecerró los ojos.

¿Por qué ese repentino rechazo hacia Hamilton? Ellos eran amigos.

Miró de soslayo a Bonnie, quien hablaba y hablaba sin darse cuenta de que ella ya ni siquiera le estaba prestando la atención correspondiente. Estaba claro que había mucho más y que su amiga ya no podría brindarle aquella información; no obstante, la fuente de la misma seguramente estaría esperando en el piso inferior para hablar con ella y pedirle que se mantuviera al margen de todo.

—¿Por qué no tomas un baño? Quiero que te arregles un poco, se me apetece caminar por el jardín.

La rubia hizo una mueca.

—Sé que llevas días sin salir, y si no sales hoy no te daré lo que traje para ti.

—¿Para mí? —la miró con curiosidad y Janette asintió—. Por cierto, te ves hermosa.

Sonrió.

—Gracias.

—¿Qué me trajiste? —volvieron al tema principal.

Se puso de pie y tocó la campanilla.

—Un diminuto libro que estoy segura: va a encantarte.

—Oh... —Se deprimió—. Bajaré dentro de poco —susurró cuando las criadas ingresaron con la bañera, como si le hubieran leído el pensamiento, y Janette se retiró de la alcoba dispuesta a enfrentarse al endemoniado Oswin Stone cuando estaba enojado y a la defensiva.

Estaba claro que tendrían una acalorada discusión.

—¿Dónde está el señor Stone? —le preguntó al mayordomo y el hombre la envió hacia la biblioteca, comentándole que Oswin estaba solo. Definitivamente sería lo mejor, los barones no podían enterarse que su hijo echó a perder todos sus planes de matrimonio entre Bonnie y Hamilton.

Abrió la puerta sin tocar y paró en seco al ver al rubio junto a la ventana, bebiendo un poco de su copa de quien sabe qué. Se molestó al notarlo tan indiferente, por lo que con el ceño fruncido tiró la puerta al cerrarla.

Ni siquiera el estruendoso ruido lo hizo moverse.

Molesta y totalmente indignada, avanzó hacia él y una vez que estuvo a su lado, Oswin se dignó a mirarla de soslayo.

—Tenemos que hablar —demandó con firmeza y él se bebió todo el contenido de su copa, para después llenarla otra vez.

—Trae a mi amiga de regreso y con gusto hablaremos.

Frunció el ceño.

—¿A qué te refieres?

—No me gusta tu disfraz; te ves fatal.

Se mordió la lengua para no iniciar una discusión con él. ¿Se veía fatal? ¿Eso era lo único que tenía para decirle? Definitivamente hizo lo correcto al hacer de Oswin un amigo más que un amor imposible.

—Fuiste tú, ¿verdad? —desvió el tema, regresando al principal y si bien él intentó parecer indiferente, la culpabilidad brilló en su iris.

—No sé te qué hablas. —Intentó beber otro sorbo de su copa, pero Janette fue más rápida y se la quitó con torpeza, provocando que la copa cayera a sus pies.

143

—Traicionaste a tu hermana —escupió con desprecio, mirándolo por primera vez en la vida con odio. Él abrió los ojos, sorprendido.

—Está claro que tu nuevo disfraz no te está dejando pensar con claridad, querida —comentó con frialdad.

—No mientas, te conozco muy bien.

Una sonrisa llena de melancolía se formó en sus labios.

—No tienes la menor idea de cómo soy en realidad.

—Hablarás con Hamilton y lo traerás de regreso —ordenó, ignorando sus palabras.

—Ve a pintarte con tu mami, Janette, no pierdas el tiempo con mi hermana, ella tiene la belleza, la edad y la fortuna con la que tú no contaste para triunfar en tus años; no sientas pena por ella, pronto encontrará algo mejor.

Un terso e incómodo silencio se instaló en la estancia.

Oswin retiró la mirada, observando nuevamente por el ventanal, y continuó.

—Lo mejor será que te vayas, no estoy con el humor para lidiar contigo.

—Debes traer a Hamil…

—Ese hombre no es para mi hermana y nunca lo será. Olvídalo, él no le conviene, buscaré a algui…

—¿Y quién demonios te crees tú para decir quien le conviene o no a tu hermana? —soltó ella con desdén, recuperando un poco de su determinación y tratando de olvidar sus duras palabras.

—Él no es para ella.

—Hamilton la ama y por tu culpa no están juntos, tu herman…

—Ese hombre no es un ser respetable, ¡jamás dejaré que se case con Bonnie!

—¡¿Y tú eres un ser respetable?!

Oswin respingó, confundido por su pregunta, y adoptó una pose altanera.

—Por su…

—¿Tú que te tiraste a la condesa de Dolby después de que contrajera nupcias con el conde?

La palidez de su amigo le anunció que no tenía palabras para emitir en ese momento y con una sonrisa burlona —tratando de esconder aquel recuerdo del día que siguió a Oswin al jardín con la intención de confesarle su amor, encontrándolo así en una situación comprometedora con la mujer—, lo encaró con desprecio.

—Trae a Hamilton, Oswin, sino le diré a tu pad…

—¿Cuándo me viste?

Se vio forzada a retroceder cuando él se acercó más de lo que alguna vez se hubiera imaginado. Si bien era amigos, sus cuerpos jamás habían llegado a estar tan juntos a no ser que fuera para un baile.

Rodó lo ojos.

¿De verdad preguntaría eso? Lo importante era Bonnie.

Se volvió sobre su lugar, acelerando levemente sus pasos al sentir una horrible tensión en el ambiente.

—Si no hablas con Hamilton para mañana, le diré a tu pad… ¡ah! —chilló cuando una fuerza mayor tiró de ella hacia atrás y se exaltó al sentir como la zarandeaba.

—¡¿Cuándo?! ¡¿Por qué nunca me lo dijiste?!

—Suéltame, Oswin —pidió con firmeza, sintiéndose extraña por el tacto de su palma desnuda en su piel. No sabía cómo proceder, era la primera vez que veía ese tipo de reacción en el relajado y hermoso rostro de su amigo.

—Contesta.

—¿Irás por Hamilton? —No comprendía qué tenía que ver una cosa con la otra, pero si podía negociar con eso no dudaría en hacerlo.

—¡Me importa un cuerno, Hamilton!

Se zafó de su agarre.

—¡Pues a mí no! ¡Tienes que ir por él!

—¡Jamás! ¡Nunca permitiré que ese hombre vuelva a acercarse a mi hermana!

—¿Admites que fuiste tú? —preguntó con los ojos entrecerrados y su amigo, que ahora estaba rojo por la cólera, sujetó su muñeca.

—Sí —soltó con determinación—. Yo fui a verlo ayer y le dejé más que claro que se alejara de mi hermana si no quería que contara un secreto retorcido que tiene escondido. Ahora, que por fin tienes tu respuesta, vas a decirme cuando fu…

—¿Por qué lo hiciste?

Un escalofrío recorrió su espina dorsal, generándole un temblor en las piernas, y rápidamente giró el rostro para encontrarse con la mirada espantada de su amiga. Bonnie había escuchado todo, ¡maldición!

Oswin la soltó, concentrándose en su hermana, y arregló los botones de su chaqué con indiferencia, tratando de recuperar la calma que había perdido en algún determinado momento de la conversación.

—No es para ti.

—¡¿Y qué sabes tú quién es para mí?!

Lejos de evitar que ella lo empujara por el pecho, Janette se hizo a un lado. Ella también estaba muy molesta por la actitud de Oswin, ese día la había decepcionado mucho más que la noche que en la que lo vio con lady Dolby.

—Lo hago por tu bien, ese hombre sólo va a herirte.

—Tú me estás haciendo más daño del que Marcus me hizo todos estos años con su indiferencia —soltó con la voz quebrada, dejándose vencer por el llanto y Oswin se tensó.

—No lo entiendes, cariño, pero quiero lo mejor para ti, quiero que seas fel…

—¡Preocúpate por tu miserable vida y no te metas en la mía! —gritó fuera de sí, empujándolo por el pecho y dejándolos perplejos—. ¿Pretendes ayudarme a encontrar la felicidad cuando tú no puedes tener la tuya estando esta en tus narices?

Muy bien, era momento de intervenir.

—Bonnie —Janette la abrazó por los hombros.

—¡Eres un fracasado, Oswin! Y como resultado quieres que yo también lo sea, como tú no puedes tener a la mujer que quieres por cobarde, no quieres que yo tenga al hombre que amo. Pero entérate de algo: yo, a diferencia tuya, no soy una cobarde, pienso luchar por Marcus.

Tratando de ignorar lo doloroso que le resultaba saber que Oswin estaba enamorado, Janette usó todo su poder de convicción para tranquilizar a Bonnie, la mujer estaba fuera de sí y por más que desafiara al rubio, él no era capaz de moverse de su lugar.

—No te metas en mis asuntos —farfulló más tranquila y avanzó hacia la puerta, seguida de Janette.

—Hamilton jamás se acercará a ti, Bonnie, no lo permitiré. En un futuro me lo agradecerás.

Se hizo a un lado, dejando que su amiga la pasara de largo y evitó mirar como la palma femenina aterrizaba en la mejilla de Oswin.

—Y yo que creía que el que merecía ser golpeado era Marcus —susurró Bonnie y esta vez ambas abandonaron la estancia, dejando al rubio atrás y en claro que no estaban de su parte ni mucho menos conformes con su manera de proceder.

—Bonnie…

—Voy a recuperarlo —garantizó, enjuagando las lágrimas de su rostro.

Janette sonrió.

—Primero debemos saber qué sucedió, si lord Hamilton está siendo amenazado, no será muy fácil convencerlo de que regrese contigo.

—¿Qué haré, Janette?

Se dio dos golpecitos en el mentón con su abanico.

—Lo primero empezar a salir con tus pretendientes.

—No me interesa hacer…

—Yo me acercaré a él, trataré de descubrir qué es aquello que Oswin sabe y le comentaré acerca de los hombres que te cortejan. Los hombres son terrenales, no permitirá que otro se te acerque, estoy segura que con las licencias que le diste ya te cree de su propiedad.

—¿Cómo puedes saber tanto si tú nunca…?

—Leo bastante.

—La realidad y la ficción nunca serán lo mismo, Janette.

—Pero es lo que sabemos y es nuestra arma para luchar, Bonnie, deja de ser pesimista.

La rubia suspiró y una vez que estuvieron en el jardín, ella asintió.

—De acuerdo, ayúdame a recuperarlo, te lo suplico.

Lo haría. Ella no quería para Bonnie un futuro tan aburrido como el suyo, ni un matrimonio tan infeliz como el de los condes de Dolby.

—Es una promesa.

Capítulo 11

Marcus sólo sabía que si no hacía algo pronto, se quedaría sin un solo penique para seguir subsistiendo. La última semana fue dura, si no hubiera sido por Benjamin que lo ayudó económicamente, ya estaría rogándole a Beaufort para que lo enviara a la cárcel de deudores.

No tenía la menor idea de qué haría de ahora en adelante, Benjamin le había pedido que se casara con su hija, se la había puesto en bandeja de plata la noche anterior, pero él tuvo que volver a rechazar la oferta porque ahora era otra razón la que lo separaba de Bonnie.

Oswin sabía su verdad y lo consideraba un enfermo, un desquiciado y a saber qué más. Los últimos días se encontró con él en dos ocasiones y en las dos el odio destiló en su mirar. Estaba molesto con él y Marcus no tenía la menor idea del por qué.

No le había hecho nada, siguió su orden y Bonnie no volvió a acercarse a él.

Aunque… la cólera lo invadió.

Ella estaba aceptando las invitaciones de nuevos pretendientes, salía a pasear y en los salones de baile danzaba con todo aquel que pidiera un baile. Se estaba abriendo a nuevas posibilidades y él deseaba por todos los medios que no encontrara nada bueno entre todos los hombres que la anhelaban como esposa. Ahora mismo, se encontraba en Hyde Park esperando que apareciera con uno de esos peleles.

Sí, era un hombre patético porque ahora la seguía como un perro guardián, deseando cuidarla de cualquier manera que le fuera posible.

—¿Quiere uno? —Marcus parpadeó varias veces, mirando el helado de vainilla que estaba frente a él.

—Milady —Se dirigió a lady Janette con una venia elegante y la dama sonrió amablemente.

—Compré este para usted, así que no puede rechazarlo.

No muy conforme, aceptó el helado y agradeció su gentileza.

—No es gratis, quiero tener un paseo con usted. —Lo sujetó del brazo, tomándolo por sorpresa y de soslayo miró a la doncella que los seguía a unos metros de distancia.

—Será un honor.

Tenía que admitir que el aspecto de la dama había mejorado en los últimos días, no estaba seguro cuando fue pero los rumores llegaron como hace una semana; pues se decía que ahora era una solterona oficial, dueña de su fortuna, y que habían unos cuantos nobles que querían convertirla en una divertida aventura. Algo inaudito, pero que podía llegar a suceder si se trataba de lady Janette Morrison, una mujer demasiado extrovertida desde su perspectiva.

—Milord, estoy al tanto de que está siendo amenazado por Oswin —soltó de pronto, haciéndolo trastabillar, y la miró anonadado.

—¿Cómo es posible?

—Bonnie también lo sabe. Fue Oswin quien confesó y dijo que un secreto suyo era el que impediría que se acercara a ella

—¿Les dijo algo?

—No, pero Bonnie me mandó a decirle que sea lo que sea que Oswin le haya dicho, no le haga caso, que lo único que a usted debería importarle es su opinión, pues ella jamás se molestaría por ningún tipo de secreto y menos si este no es de su incumbencia.

Bonnie… por un momento pensó que la vil manera en la que la trató había funcionado y ella no querría saber nada más de él por años; no obstante, como siempre lo volvió a sorprender y ahora le demostraba que su amor seguía siendo más fuerte que cualquier otro.

—Oswin tiene mucha razón en alejarme de su hermana, no soy bueno para ella.

—¿Es un asesino?

—¡No! —bramó al instante.

154

—¿Un golpeador?

—Por supuesto que no —farfulló.

—¿Le será infiel?

—¿Puedo saber a qué viene este interrogatorio? —preguntó con una sonrisa fingida y ella estiró el cuello.

—Porque yo no veo que usted sea malo para ella.

Quizás lady Janette no era tan exasperante como se la había imaginado.

—Soy diferente.

Estás enfermo.

Su boca se torció al recordar aquel término.

—Ser diferente, lejos de ser un defecto, es una virtud.

—No lo comprende, milady, pero mi manera de pensar respecto a...

—Bueno, yo también pienso diferente. —Miró a los alrededores—. Ahora mismo, estoy buscando un amante, estoy deseosa de gastar mi fortuna en un club y vivir mi vida plenamente. Eso me hace diferente, ¿usted cree que no soy digna de nadie?

Sonrió.

Eran casos diferentes.

—No le recomendaría hacerlo.

—¿Si yo le recomiendo dejar de hacer lo que sea que a Oswin le molestase me haría caso?

—No, es una parte de lo que soy.

—Ve, todo lo que hacemos es una parte de nosotros y si no somos perfectos para nosotros mismos difícilmente lo seremos para otros. Sé que estoy enredando mis palabras, pero el punto es que puede contar conmigo si algún día desea hablar. No soy una chismosa y soy una consejera muy buena. Además, está claro saber que Bonnie ama todo de usted, desde sus virtudes hasta sus defectos.

Adoró sus palabras; sin embargo…

—Usted es amiga de Oswin, ¿por qué está de lado de Bonnie?

—Porque me gusta ser justa, y lo que Oswin les está haciendo no tiene perdón ni justificación.

—Lo hace por su hermana.

—Pero nadie se lo está pidiendo.

No le gustaba que tacharan a Oswin como el villano, él lo comprendía, Bonnie no merecía un hombre como él, ella requería de alguien que pudiera amarla y tratarla con delicadeza, cariño y devoción; él sólo podría amarla con intensidad, locura y desesperación, emociones que con sus preferencias podrían denominarse peligrosas para una frágil dama.

—No quiero que Bonnie cometa el error de casarse con el hombre equivocado, ella lo quiere y usted... bueno, supongo que también la quiere, le seré sincera —espetó con un encogimiento de hombros, sin perder su confianza.

Se limitó a sonreír.

Querer era un término humilde para describir lo que sentía por Bonnie.

—Gracias por su apoyo y amistad, mil...

—Puedes decirme Janette.

—Janette —musitó no muy seguro, a Oswin no le gustaría que tuviera una amistad cercana con su dama prohibida y menos ahora que la mujer atraía las miradas masculinas que él siempre quiso evitar.

—Estaré esperando noticias suyas, lord Hamilton.

Ambos se despidieron como correspondía y luego la dama desapareció a lo largo del sendero. Estaba claro que se preocupaba por Bonnie, algo muy bueno porque le agradaba que tuviera amigas tan buenas. No obstante, no quería que la pelinegra descuidara a Oswin, él era muy sensible cuando de esa fémina se trataba.

Cuando llegó a su casa, la noticia de una visita lo llevó a arrugar el entrecejo y confundido se dirigió hacia el salón de té, donde un hombre de cabellera castaña, cuerpo fuerte y espalda ancha lo esperaba sin expresión alguna en el rostro.

—Windsor —susurró con voz queda, sorprendido de ver al duque en su casa—. ¿En qué puedo ayudarle? —Tragó con fuerza, había escuchado rumores de que lady Lisa se retiró al campo, pero ahora viendo el semblante del hombre sus sospechas se confirmaban, ella…

—Mi esposa escapó, Hamilton.

—Quisiera ayudarlo, pero desde aquella noche no tengo contacto con su esposa.

—Lo sé, y lamento mucho haber dudado de ella.

Debería, más cuando fue él quien provocó los problemas en la pareja de recién casados. Había estado tan desesperado por demostrarse a sí mismo que Bonnie no significaba nada para él, que terminó acorralando a lady Lisa con su insistencia.

Lo miró de soslayo, si no estaba allí para reclamarle la huida de su esposa, ¿cuál era la razón por la que se encontraba en su casa?

—Quiero ofrecer mi ayuda, Hamilton. Sé que le causé mucho daño al impedir su matrimonio con mi mujer, los engañé a ambos, lo tengo muy presente, pero no me arrepiento de nada. Amo a mi esposa y lo haría una y otra vez si con eso logro que ella permanezca a mi lado, porque ahora más que nunca sé que Lisa me ama.

—Lo ama —soltó recordando a la morena—. Ella me lo dijo, usted es muy especial para la duquesa. —El remordimiento y la culpa se instaló en sus ojos claros—. Por ahora no hay nada que hacer con mi caso, por lo que ahora soy yo quien ofrece su ayuda. No dude en contar conmigo.

Windsor hizo un leve asentimiento.

—Tengo un contacto que habló con sus acreedores, van a esperarlo.

El duque aún no estaba al tanto que su acreedor era Beaufort, uno de sus mejores amigos, y era lo mejor.

Asintió en modo de agradecimiento.

—Necesito un abogado, ¿qué le parece si trabaja para mí? Podemos mantenerlo en secreto, para que nadie comente acerca de su rango y el hecho de que no debería trabajar.

¿Ejercer nuevamente su carrera? Nada le daría más gusto.

—Me parece una excelente idea. —Necesitaba dinero y trabajando ganaría un poco.

—Muy bien.

Windsor sacó un saco marrón, que Marcus identificó que tendría muchas monedas, y lo dejó sobre la mesilla.

—Este es su adelanto, lo esperaré en Triunfo o derrota esta noche.

El duque se marchó con prisa, como si no quisiera que se sintiera humillado y Hamilton se dejó caer sobre el sofá, mirando el saco de monedas. No podía rechazarlo y lo bueno era que trabajaría por él, por lo que no había razón para sentirse humillado, sino más bien agradecido de que Windsor hubiera abierto los ojos y lo estuviera ayudando, pues algo le decía que Benjamin estaba con la paciencia limitada y pronto buscaría una manera para imponerle un matrimonio con Bonnie; algo que sería un desastre porque Oswin lo delataría y toda la familia que consideraba como suya le daría la espalda.

Tendría que alejarse de la familia por ahora, aprovechando que tendría un respiro con su nuevo empleo. Benjamin no tendría que preocuparse de su situación económica si se enteraba que estaba trabajando con Windsor.

Se dirigió a su alcoba, llevando el saco de monedas consigo, y se preparó para la cena que tendría con el barón, escogiendo meticulosamente cada palabra que usaría para hablar con él y explicarle que no podría elegir a Bonnie como su esposa jamás.

Llegó al club donde Benjamin lo citó y para su sorpresa, pues estaba cinco minutos antes, él ya se encontraba en la mesa acariciando el diamante que coronaba su bastón. No perdió el tiempo y se reunió con él, recibiendo ese magnífico trato que a veces sólo conseguía dejarlo aturdido. Él lo apreciaba como si fuera un hijo, ¿cómo tomaría su verdad si llegaba a enterarse de ella? ¿Se decepcionaría?, ¿le cerraría las puertas de su casa?, ¿lo obligaría a alejarse de Bonnie?

Ladeó la cabeza, eso no tenía por qué pasar.

—Llegaste temprano —comentó con diversión y el rubio se encogió de hombros.

—Tú también.

Imitó su acción y ambos rieron, dejando que los lacayos pusieran su cena en la mesa.

—Tengo algo que comentarte —dijo una vez que estuvieron solos y Benjamin le prestó toda la atención del mundo—. Windsor me ofreció un trabajo y voy a aceptarlo, después de la cena me reuniré con él en Triunfo o derrota.

—No necesitas trabajar, Marcus —comentó, ofuscado—. Te he dicho que te cedo la mano de mi hija, no me interesa lo que ella piense al respecto, quiero que te cases con Bonnie.

—Difícil, ella me rechazó primero. —Trató de aligerar el ambiente, se aferraría a ese hecho para seguir rechazando la mejor oferta de su vida.

Esa que ofrecía en bandeja de plata a su amada.

—Patrañas. Ella se casará esta temporada, no me gusta perder el tiempo y si no es contigo será con otro.

Se tensó, sintiéndose verdaderamente afectado por sus palabras, pero las aceptó sin tener otra alternativa. Benjamin no quería que su hija perdiera años, pues el que mucho busca poco encuentra, por lo que estaba seguro que al final terminaría aceptando la mejor propuesta.

—Siempre estaré agradecido por todo el aprecio que ustedes me brinda —habló con seriedad—, pero confieso que jamás podría casarme con tu hija porque la quiero como a una pequeña hermana. —La mentira más grande de su vida—. Ahora mismo Windsor está dispuesto a ayudarme y quiero enfocarme en mi trabajo, veré si puedo casarme con alguien en el camino, pero me gustaría mantener un poco de distancia con la señorita Stone para no generarle falsas esperanzas.

Benjamín recibió cada una de sus palabras en silencio, comiendo tranquilo y asintiendo sin interés alguno.

—No te obligaré a nada, Marcus —soltó el hombre con voz profunda, conectando sus miradas—. Así que espero que te vaya muy bien con Windsor. No todo está perdido, la suerte está de tu lado.

¿La suerte?

Dios, ahora mismo estaría besando a Bonnie y comiendo con ella si no hubiera sido por el descubrimiento de Oswin. Suerte era algo que él jamás tuvo.

La cena llegó a su fin y la despedida le dejó un mal sabor en la boca, pues sutilmente se había encargado de pedir un poco de espacio y estaba seguro que el barón se lo cedería.

Oswin… debería odiarlo, todo aquel mal era por su causa, pero no podía. Él también era su amigo.

Capítulo 12

Durante el siguiente mes las cosas fueron mejorando para Marcus, pues efectivamente Windsor tenía muchos asuntos que arreglar, como el tema de poner sus propiedades en movimiento y aclarar los términos con los arrendatarios. Junto al administrador del duque se la pasó viajando de pueblo en pueblo hasta que por fin consiguieron poner todo en orden.

Ahora tenía una membresía en el club —cortesía del duque de Beaufort, quien lejos de ser un ser egoísta como se lo habían descrito parecía ser un hombre bastante samaritano, aunque no le gustase aceptarlo—. Podía disfrutar de cualquier servicio del lujoso establecimiento, pero sólo se conformaba con beber un poco de buen vino en las noches antes de retirarse a su propiedad.

La morena de ojos color ámbar volvió a sentarse junto a él y Marcus, con toda la educación que adquirió con el pasar de los años, ladeó la cabeza en modo de negación. Esa mujer era la cortesana que él solía contratar, tiempo atrás, para tener grandiosos encuentros sexuales. Ella adoraba ser sometida; sin embargo, copular con una mujer se le hacía tan poco tentativo que estaba llegando a pensar que si no era Bonnie, no podría ser nadie.

—No pienso cobrarle, milord —ronroneó con lujuria.

—No me siento con ánimos, linda.

—Pero nadie lo hace como tú. —Hizo un tierno mohín en los labios y él chasqueó la lengua, divertido. Pobre mujer, seguro le habría tocado una bestia egoísta incapaz de propinarle el placer adecuado.

—Lo siento, pero no será hoy.

«Ni nunca».

Chloe se marchó con parsimonia, como si no hubiera sido rechazada, y Marcus se concentró nuevamente en su copa de vino. No había vuelto a saber nada de Bonnie —sólo que estaba siendo cortejada por toda una manada de imbéciles— y eso lo inquietaba. La rubia era una mujer atrevida y se lo había demostrado, por lo que los celos lo enardecían de sólo pensar que alguien pudiera conquistarla y hacerle todo lo que él le estuvo haciendo por semanas.

Un ruido sordo captó su atención y alzó la vista, encontrándose con unos ojos color cielo que lo miraban con odio y ¿envidia?

—¿En qué puedo ayudarlo, sir Stone? —preguntó desapasionadamente, mirando a Oswin con seriedad.

—Estás arruinando mi vida, Hamilton.

Era impresión suya o estaba algo pasado de copas.

«Bienvenido a mi mundo». Quiso decirle, pero se guardó su comentario.

—Estoy seguro de que estoy cumpliendo todos tus deseos. —Se limitó a contestar, mirándolo con curiosidad.

—Todo este tiempo que estuviste lejos de mi familia, mi hermana y Janette no hicieron más que odiarme. No me dirigen la palabra, sólo me toman en cuenta en sus conversaciones cuando mis padres están cerca.

Ahora que lo recordaba, lady Janette había estado esperando que le contara su secreto, algo imposible porque era un tema muy íntimo para hablarlo con una mujer.

—Te confesaré que tuve unas cuantas conversaciones con lady Janette. —A su amigo le disgustó escuchar que la llamaba por su nombre de pila—, pero en ninguna intenté ponerla en tu contra; es más, pocas veces hablamos de ti. La dama quiere que vuelva con Bonnie, me dice que no te escuche y haga lo que realmente deseo; pero ambos sabemos que es imposible porque tú le comentarás todo a tu padre y él me alejara de Bonnie para siempre, algo que no pienso permitir.

La desesperación —una emoción poco común en Oswin—, brilló en sus ojos color cielo.

—No quiero un hombre como tú cerca de mi hermana —escupió con desprecio y él asintió.

—Si te soy sincero, yo tampoco.

Eso lo desconcertó.

—¿Admites que eres un mal amante?

Sonrió sin gracia alguna y lo miró con petulancia.

—¿Crees que si fuera un mal amante una cortesana vendría a ofrecerme sus servicios de manera gratuita? —preguntó con gravedad y su amigo respingó—. ¿Crees que si fuera un abusivo egoísta no habrían levantados cargos sobre mí desde hace mucho tiempo? Tú mejor que nadie sabe que llevo años acostándome con mujeres de la aristocracia, viudas en su mayoría, mujeres con poder capaces de hundirme si se lo proponían. Todas sabían lo que hacía, lo que me gusta y lejos de huir venían a mí.

Oswin se ensimismó en sus pensamientos, analizando cada una de sus palabras y luego lo miró con recelo.

—¿Crees que *eso* podría gustarle a mi hermana?

—Nunca lo sabremos porque no pienso acercarme a ella hasta que sea una mujer intocable para mí. Una vez casada, los puntos estarán claros entre los dos.

—No me gustan los hombres que la pretenden. —Le parecía extraño que empezara a confesarle como se sentía respecto al tema, pero dado que para Marcus seguía siendo su amigo, lo escuchó—. Todos son mayores, jugadores y derrochadores de sus fortunas. Mi padre quiere casarla a como dé lugar y ya dejó claro que para el final de la temporada, si mi hermana no elegía, él lo haría por ella.

Maldición, debió sospechar que Benjamín haría algo así.

—Pero tampoco me gustas tú y ese afán que sientes por dañar a tus ama…

—No tienes ni idea de lo que yo hago, Oswin, no puedes hablar tan despectivamente —le cortó con rudeza, haciéndolo respingar—. Documéntate un poco sobre el tema y luego critícame si así lo deseas, pero por ahora no tienes derecho a decir cómo soy y mucho menos a llamarme enfermo.

Ya era hora de que él supiera que sus palabras no le habían gustado en lo absoluto.

—¿Y cómo podría saberlo? Tú no me dices nada.

—Intenté decírtelo desde un principio, pero no me lo permitiste.

—Bien, hazlo ahora.

—No —ladeó la cabeza, y se puso de pie. Ya no tenía caso, mientras más lejos estuviera de Bonnie, mejor—. Ahora hay una diferencia; ya no quiero tener nada que ver con tu hermana.

—Marcus —lo llamó por su nombre de pila con desesperación—, estoy intentando entenderte, quiero que mi hermana sea feliz, quiero su perdón y también…

Janette. Eso era lo que realmente le importaba recuperar.

—Lo siento. Si quieres saber más de lo que hago averígualo tú mismo, estoy seguro que podrás encontrar un hombre adecuado para tu hermana.

Se retiró.

Por más que le doliese dejar esa oportunidad en el olvido, no pensaba hacerse esperanza alguna con Bonnie. Ella merecía algo mejor, y aunque lo amara, ¿quién le garantizaba que ella aceptaría lo que era?, ¿no había reaccionado Oswin mal con la noticia?

Ladeó la cabeza, lo mejor sería enfocarse únicamente en su trabajo como hasta ahora.

***

Oswin Stone no tenía la menor idea de lo que estaba haciendo, de lo único que estaba seguro era de que descubriría todo el misterio de Hamilton antes de permitir que se casara con Bonnie, porque sí, tenía que intentarlo, su hermana lo odiaba y estaba desolada por culpa suya, porque él se metió en la relación de ambos y provocó un distanciamiento definitivo. Hasta sus padres estaban deprimidos por la ausencia de Marcus, ¡era una locura!

Observó la única alcoba que quedaba de la posada donde decidió parar el viaje, para descansar un poco, y con cansancio se despojó de su levita, su pañuelo y empezó a abrir los botones de la manga de su camisa.

Iría con Caleb Glenn, el único hombre que le daría las respuestas que estaba buscando. Y con suerte llegaría pasado mañana a primera hora. Ese día sólo había parado para la hora de la comida y cuando los lacayos hicieron el camino de ruedas. Estaban yendo con prisa y lo sabía, pero mientras menos tardasen mejor.

Una criada trajo su cena y Oswin agradeció que se viera decente, lo que menos quería era encontrarse con comida de baja calidad.

Esperó que trajeran su baúl para poder tomar su bata de noche, pero en vez de eso un lacayo llegó tocando la puerta de su alcoba. Cuando lo recibió, le pareció extraño notar su nerviosismo; no obstante, en el momento que le pidió que lo acompañara, el desconcierto empezó a carcomerle.

—¿Sucedió algo? —preguntó a pocos pasos de las caballerizas y el hombre lo miró de soslayo.

—Encontramos algo en el carruaje de los baúles, señor.

—¿Algo como qué?

—¡Yo misma hablaré con Oswin! ¡Tráiganlo! ¡No me toque!

La sangre se le congeló y rápidamente alzó la mirada encontrándose así con Janette, quien salía de las cabellerizas hecha un desastre, prueba de largas horas de viaje, y corría hacia él.

Los bucles, esos que habían empezado a convertirse en una severa obsesión, danzaban ante los movimientos de su dueña y él tragó con fuerza.

—¿Qué haces aquí? —logró articular con verdadera sorpresa y Janette lo sujetó del brazo, mirando a los lacayos que la seguían.

—No hablaré aquí. —Fue lo único que le dijo.

Con un movimiento de mano les pidió a los lacayos que se detuvieran.

Recuperando la cordura y llegando con ella su enojo al percatarse de lo grave que era la situación, Oswin la sujetó del brazo y la guio dentro de la posada como alma que se lleva el diablo.

¿Qué demonios hacia Janette allí?

La metió dentro de su alcoba sin delicadeza alguna y ella lo fulminó con la mirada una vez que ganó mayor estabilidad, pues el empujón con el que la metió la hizo trastabillar lo suficiente como para impedirle hacerlo con inmediatez.

—Salvaje.

—¿Qué haces aquí? ¿Con permiso de quién te metiste en uno de mis carruajes? —bramó con rabia, pero ni siquiera eso consiguió amedrentarla.

—Sé que tu viaje tiene algo que ver con Hamilton, así que decidí seguirte.

¡Era una mujer exasperante!

—Esto no es asunto tuyo.

—Tampoco tuyo pero te metiste arruinando la vida de tu hermana.

Avanzó peligrosamente hacia ella y lejos de encogerse, Janette estiró el cuello ávidamente para enfrentarlo.

—¿Cómo te enteraste de esto?

—Tengo un hermano de veinte años, ¿crees que no me pasaría información por unas cuantas monedas?

Era una manipuladora de primera.

—Déjame decirte, querida Janette, que tendrás que dormir esta noche conmigo porque no hay alcobas disponibles —soltó con frustración, consciente de que no conseguiría nada peleando con ella. La mujer, lejos de alarmarse, se acercó a la comida que estaba servida en la mesa.

—Si no queda más —susurró, dándole la espalda y empezando a comer sin importarle que esa comida fuera para él.

No le dijo nada, pues su amiga no habría tocado bocado en todo el día dado a que estuvo muy bien escondida entre su equipaje.

Pidió que trajeran otra ración de comida y la criada le informó sobre un camastro que estaba debajo de la cama, por lo que Oswin tiró del mismo, percatándose que era algo pequeño para la comodidad de cualquiera.

Los lacayos entraron con su baúl, y el de Janette, y esta se escondió tras el biombo luego de comer para ponerse su ropa de dormir. Tratando de concentrarse en su comida, Oswin escuchó como cada prenda abandonaba el cuerpo femenino y se maldijo en silencio.

Habían pasado años y seguía anhelándola con la misma intensidad de antes, ¿qué haría con esa desesperante mujer?

El sonido de la cama hundirse captó su atención y alzó la mirada, sorprendido.

—Yo dormiré en la cama —siseó y se puso de pie.

Janette se sentó, dejando a la vista su suelta cabellera oscura y paró en seco. ¿Por qué no se hizo una trenza?

¿Por qué quería desvestirse, lanzarse sobre ella y reclamarla como suya?

Tenía que concentrarse.

—Creí que tu cama sería esa. —Señaló el camastro con despreocupación y él suspiró.

—Sabes que no, es demasiado pequeña para mí.

—En largo y ancho entrarás —comentó, observando el objeto—. Además, tú lo encontraste, es tuyo.

—¿Y qué hubiera pasado si no lo encontraba? —Entrecerró los ojos, receloso, y ella se encogió de hombros.

—Estaríamos compartiendo cama, supongo.

—Duérmete de una maldita vez antes de que me arrepienta de ser tan caballeroso contigo —farfulló, dándole la espalda y esperó por varios minutos hasta que su respiración se regularizara.

Cuando la supo dormida, muy silenciosamente se despojó de su chaleco, sus botas y sus medias. No podría dormir desnudo porque lo menos que quería era alarmar a Janette. Estaba feliz de que ella le estuviera hablando, pues su indiferencia era lo bastante dolorosa como para forzarlo a hacer un viaje hasta Escocia con tal de encontrar una pronta solución a todo el embrollo que causó.

Se recostó en el angosto camastro y lejos de dormirse, como había deseado antes de enterarse de que Janette estaba allí, recordó sus palabras donde le confesaba que había visto como fornicaba con lady Dolby.

Juntó los párpados con frustración.

Ella no tenía la menor idea de por qué cometió esa estupidez años atrás.

La tenía ahí, podría deslizarse entre las sábanas y decirle que el camastro era incómodo, podría seducirle, usar todo su encanto y poseerla, pero luego ¿qué?

¿Qué pasaría luego de que hiciera todo aquello?

No estaba seguro, pero quería estar con Janette.

Las horas transcurrieron y poco a poco el sueño le fue venciendo; no obstante, el peso muerto de algo sobre su pecho lo hizo respigar y abrió los ojos, aturdido, quedándose helado al ver a Janette sobre él, totalmente dormida.

Se frotó el puente de la nariz con cansancio y decidido a no moverse más de lo necesario, se encargó de acomodarla junto a él, dejando que sus piernas se enredaran, y aprovechando la cercanía de sus cuerpos la arrimó contra su cuerpo y concilió el sueño al instante.

Los siguientes dos días de viaje se hicieron con normalidad, de lo único que ella estaba dispuesta a hablar era de la relación de Bonnie y Hamilton y lo muy imbécil que había sido al meterse donde nadie lo llamaba. Oswin se encontraba tan estresado con la situación, que llegó a creer que los castigos divinos existían. Pues sus conversaciones no eran las únicas que lo torturaban, sino el tener que compartir cama con ella y notarla tan indiferente a todo lo que su hombría respectaba.

—¿Dónde estamos? —inquirió ella al ver que el carruaje se detenía frente a una casa de piedra bastante ostentosa y Oswin suspiró.

—Espérame aquí, hay alguien con quien necesito hablar.

—¿Qué? No estuve de viaje tres días sólo porque quería pasear y conversar contigo. No me dijiste nada de Hamilton y supongo que aquí obtendré respuestas.

—Caleb no recibe a mujeres en su propiedad.

Si no era para golpearlas y disfrutar de ellas dejándolas adoloridas.

—Estoy segura que el señor Caleb hará una excepción conmigo.

Resignado a que no conseguiría domar a su amiga, y que ella descubriría algo impropio, no le quedó más remedio que cederle la mano y ayudarla a bajar del carruaje. Según sus padres, ella estaba en una casa de campo; por lo que esperaba que nunca se enteraran del viaje de Janette hacia Escocia.

Las puertas de la enorme casa de cinco pisos se abrieron y, como era de esperarse, el escocés, de figura gruesa y estatura alta, avanzó hacia ellos como si se tratase de un león enjaulado analizando a su presa.

—Estoy seguro que no estaba esperando visitas —comentó con retintín, sin un poco de recato.

—En efecto, sir Glenn —El pelirrojo enarcó una ceja y se cruzó de brazos esperando una explicación—. Mi nombre es Oswin Stone, estoy aquí para hablar sobre Marcus Woodgate, debe recordarlo.

—En efecto, mi mejor discípulo.

Ambos se miraron por largos segundos, como si tuvieran una contienda mental y un carraspeo melodioso hizo que el escocés retirara la mirada hacia la alta morena de sonrisa amistosa.

—Mucho gusto, sir Glenn, dado que sir Stone no me presenta, lo haré yo misma, mi nombre es Janette Morrison.

Los labios del hombre se alzaron con regocijo y sujetando la mano de la mujer, la besó con deleite.

—Un honor, señorita…

—Lady —corrigió Oswin con tosquedad, haciendo que la soltara con un manotazo.

—Milady —Hizo una venia y Janette sonrió aún más.

—Regresando al tema importante —soltó el rubio, atrayendo la atención del escocés—, quiero que me hable del sadismo en las relaciones sexuales. Marcus pretende a mi hermana y temo por ella, sin embargo, ambos sufren ahora que están separados.

¿De qué le servía hablar con rodeos si de todas formas Janette descubriría todo?

—¿Sadismo? —musitó la pelinegra, concentrándose en sus palabras, y luego jadeó.

¿Por qué tenía la leve sospecha de que ella sabía algo al respecto?

—Si no hubiera comentado que Marcus sufría a causa de una fémina, no hubiera cedido a ayudarlo —aceptó el hombre con una sonrisa—. Y si no hubiera traído a esta hermosa mujer, ahora mismo no lo invitaría a pasar a mi morada.

Sujetó el brazo de Janette, obligándola a permanecer junto a él, y enviando una clara amenaza al escocés, se encargó de guiarla al interior de la casa.

Los guiaron por un amplio pasillo y cuando llegaron al salón que Caleb eligió, ambos atravesaron la puerta y lamentó en el alma haber permitido que Janette lo siguiera.

La habitación estaba llena de fustas, cadenas, sogas forradas de raso y, como si fuera poco, había toda una repisa llena de penes de diferentes tamaños tallados en madera; conocía el artefacto —mejor conocido como palote—, las mujeres lo usaban para darse placer.

¡Maldición!

Janette no debería estar viendo eso.

Capítulo 13

Día de la partida de Oswin.

"Querido Marcus:

Sé que no debería enviarte esta nota, pero también sé que nunca hago lo que debería hacer, por lo que te pido que olvides lo que mi hermano te dijo y regreses a mí. Te extraño, me haces mucha falta.

Siempre tuya, B."

Segundo día de la partida de Oswin.

"Sólo quiero que sepas que hoy no te llamaré querido porque estoy muy molesta contigo porque no respondiste la carta que te envié ayer. No sé si lo sepas, pero Oswin está de viaje, ¡y ojalá no regrese!, ¿por qué no vienes y hablamos un poco?"

Tercer día de la partida de Oswin.

"De acuerdo, soné muy brusca en mi anterior nota y lo acepto. Olvídala por mí, ¿sí? Te invito a tomar el té en mi casa esta tarde. No acepto un «no» por respuesta, te estaré esperando"

Cuarto día de la partida de Oswin.

"¡Eres un idiota! No entiendo cómo pude enamorarme de ti, ni siquiera te dignas en darme una respuesta para una simple reunión de té. Lo he estado pensando, ya no te molestaré más. Encontré nuevos libros en la biblioteca de mi padre y pienso usarlos con mis pretendientes. ¡Mañana daré inicio! Buscaré placer en los brazos de otro hombre, ¿comprendes?

Nunca más tuya, la mujer que te odia"

Quinto día de la partida de Oswin.

"Marcus, ¿de verdad no piensas responder? Estamos perdiendo tiempo valioso, Oswin aún sigue de viaje y muero por verte. Espero que comprendas que todo lo que te dijo en la anterior nota era una mentira; te amo y jamás podría estar con alguien más que no seas tú.

Si te importo, aunque sea un poco, respóndeme por favor."

Sexto día de la partida de Oswin.

"Odio amarte, odio soñarte y odio ser quien soy; cada vez estoy más segura de que soy yo la del problema. Debo confesarte algo, el día que lady Windsor se casó, entré a tu despacho y dejé que me tocaras. Siempre me pregunté por qué usaste las cadenas y el pañuelo para someterme, ¿llegará el día en que podamos repetirlo?"

Carta nunca enviada, Bonnie es una cobarde.

***

Bonnie miró sin entusiasmo alguno como su madre conversaba con el marqués de Normanby y bebió un poco de su té, angustiada. Marcus la estaba ignorando y ahora ella tenía que lidiar con todo ese desagradable espectáculo.

Ese hombre era uno de los más insistentes en cuanto a su cortejo y su edad pasaba los cincuenta años. La sola idea de que sus padres lo consideraran como su futuro esposo era aterradora. No obstante, su padre seguía analizando la situación, pues le había dicho que al paso que iban él tendría que elegir a su futuro esposo porque sabía que ella jamás elegiría a otro que no fuera Marcus.

Se deprimió.

Él había cortado los lazos con ellos y su padre le había pedido que hiciera de cuenta que Marcus jamás se acercó a ellos después de que la temporada diera inicio, una petición exclusiva que seguramente vendría por parte del conde, quien poco interés había mostrado en ella el último mes y medio. Por no decir ninguno, claro está. Le escribió, trató de divertirlo, de darle celos y nada funcionó. Él la estaba ignorando.

La risa de su madre la atrajo a la realidad y arrugó el entrecejo, no le gustaba que se viera tan entusiasmada con el marqués, ¿es que Aurora no se daba cuenta que el hombre era muy mayor para ella? No… claro que no, lo único que Aurora veía era al noble de alto rango que tenía en frente.

Extrañaba a Janette, la muy ingrata se había retirado al campo y ya tenía una semana que no sabía nada de ella, algo verdaderamente deprimente porque su hermano tampoco estaba en la ciudad y si bien no hablaba con él, se sentía más sola que nunca.

—¿Usted también cree que es buena idea, señorita Stone?

Alzó la vista, azorada, y miró a su madre en busca de ayuda. Aurora siseó algo en silencio y dijo:

—Lord Normanby alega que sería bueno retirarnos unas semanas de Londres y para ello ofrece su casa de campo en Devonshire, ¿qué opinas, cariño?

Qué era una locura.

Adoptando el papel adecuado, sonrió hacia el hombre y ladeó la cabeza con ternura.

—Deberíamos hablarlo con mi padre, suena maravilloso pero no quisiera dejar Londres ahora que la temporada se encuentra en pleno apogeo.

Su madre, quien seguramente comprendió el mensaje de lo poco que deseaba irse con el marqués, decidió apoyarla en su comentario y parloteó por los siguientes treinta minutos, logrando al fin que el hombre decidiera marcharse.

Algo no le agradaba respecto a aquel personaje, no estaba segura si era el rechazo a ser su esposa o que realmente tenía algo que le desagradaba.

—Me agrada, creo que es un excelente partido para ti —espetó su madre una vez que estuvieron solas y Bonnie rodó los ojos con cansancio.

—Sabes que no lo es.

—Pero tiene el rango más alto de todos tus pretendientes.

—Madre, según tengo entendido es un jugador.

—Todos los hombres lo son.

—Pero no me interesa, no puedo casarme con…

—El problema es que nadie te interesa, y esa no es una respuesta válida para nosotros. Debes casarte y lo harás este año, ¿me comprendes? Si tú no eliges un buen caballero, lo haremos nosotros mismos y tendrás que atenerte a las consecuencias.

Incapaz de pelear con su madre, abandonó la estancia con la visión cristalizada y se dirigió a su alcoba. ¿Cuál era la urgencia de casarla? ¿Es que no la dejarían participar unos dos años antes de someterla a un matrimonio no deseado?

Sorbió su nariz.

Estaba cansada de quedarse en casa sin hacer nada, pronto anochecería e idearía algún plan para encontrarse con Marcus, necesitaba verlo, tocarlo y sentirlo. Dios santo, necesitaba tanto de él que se sentía al borde de la locura.

Esa noche, llegando a un acuerdo con su doncella, Bonnie abandonó su casa a media noche para dirigirse a la de Marcus, a la residencia del conde, claro está, pues no usaba la de soltero ahora que había heredado el título. El lacayo que dirigía el carruaje estaba tan nervioso como ella y era normal, dado que sus padres no estaban al tanto de nada y ella les estaba pagando una corona tanto a él como a su doncella para así poder llegar a Marcus.

Exhaló con fuerza cuando el carruaje se detuvo en la entrada de la casa del conde y las manos le temblaron cuando el lacayo le abrió la puerta. El cielo lloraba con suavidad, nada que amenazara con empaparla, pero aun así se cubrió el rostro con la capa que llevaba puesta.

Llegó a la puerta principal y cuando el mayordomo le abrió, sólo necesitó que le echara un vistazo para dejarla entrar con rapidez.

—Señorita Stone, con todo el respeto del mundo, usted no debería estar aquí. A su señoría no le gustara recibir esta noticia.

—Si gusta puede decirme donde está su alcoba y yo misma se la daré —sugirió con tristeza, sospechando que pronto sería echada del lugar.

—Mi respuesta será un rotundo no —espetó, guiándola al salón de visitas y le pidió que esperara.

Abrazándose por el vientre, dado que el hogar no estaba prendido y la noche era fría, Bonnie se acercó a la estrecha ventana para observar el oscuro exterior. No debería estar allí, era verdad, todos sus sentidos se lo gritaban, pero… ¿quién callaba a su corazón? Ese que bombeaba con fuerza ante la idea de volver a verlo después de tanto tiempo.

Se llevó ambas manos a la garganta y tragó con fuerza. El fuerte ruido de la puerta abrirse la hizo regresar a la realidad y rápidamente se volvió sobre su lugar. Marcus estaba allí, frente a ella y llevaba puesto una bata color noche aterciopelada. Su cabello estaba hecho un desastre, clara prueba de que estaba durmiendo y en su rostro la barba se adaptaba bastante bien a sus rasgos.

¿Desde cuándo se dejaba la barba?

Avanzó hacia él, e ignorando la presencia del mayordomo lo abrazó con entusiasmo.

—Retírate —espetó Marcus y el criado desapareció, sin embargo, no se quedaron en esa estancia. Marcus la llevó escaleras arriba y cuando llegaron al segundo piso la hizo pasar por unas grandes puertas de roble que estaban abiertas. El lugar estaba cálido, mucho más acogedor que el anterior, por lo que suspiró una vez que estuvo dentro—. ¿Qué haces aquí? —escuchó la pregunta tras de ella y se vio obligada a separar los párpados que en algún determinado momento se cerraron. Ahogó un jadeo al percatarse que estaban en una alcoba, la alcoba de Marcus para ser precisos.

Se volvió hacia él, encontrándose con su semblante frío y encolerizado.

—Te extraño. —Fue sincera e intentó abrazarlo, no obstante, esta vez él no se lo permitió.

—No puedes venir a mi casa a estas horas, Bonnie, harás que me meta en severos problemas. ¿Es que no entendiste nada de lo que te dije la última vez que nos vimos? Ya no tenemos nada, no me interesas, nunca serás mujer para mí.

—Pero tú sí eres hombre para mí —contraatacó con desesperación e insistiendo consiguió arrimarse a él, para abrazarlo de nuevo—. Déjame quedarme, me iré temprano, ¿sí? Te necesito — musitó con la voz en un hilo y sonrió con sinceridad cuando él la tomó en brazos.

—Puedes quedarte si lo deseas —la recostó en la cama—, pero yo no me quedaré contigo.

—¿Por qué? —Se sentó sobre el mullido colchón y él se mantuvo serio.

—Porque no tendré nada contigo, no quiero que te generes falsas esperanzas.

—Es por lo que Oswin te dijo, ¿verdad?

—Es un principio sí, pero luego... me di cuenta que todo lo que hago es por ti. No te convengo.

—¿Por qué no dejas que sea yo quien elija eso?

Él ladeó la cabeza y, sin ser capaz de verla venir, se arrimó a él, sintiendo la dura erección contra su vientre bajo. Se frotó contra él, haciéndolo gemir levemente y, arriesgándolo todo, muy lentamente se dejó caer sobre el mullido colchón, abriendo los primeros botones delanteros de su vestido.

—Tócame, llévame al clímax, Marcus —imploró, separando las piernas, y casi gritó de felicidad cuando él se arrodilló sobre el mullido colchón, para después acercarse a ella.

—Bonnie... —la llamó con voz ronca y sin perder el tiempo la despojó con prisa de su vestido, dejándola únicamente con sus medias sobre el colchón. Sí, como había leído en sus libros, esa noche no llevaba interiores—. Maldición —siseó él, observando su húmedo centro que estaba expuesto y miró al techo con angustia—. Eres tan perfecta que me duele admirarte.

—Oswin no se enterará.

Sabía que era eso lo que lo tenía inquietado.

Marcus juntó los párpados como si se debatiera entre echarla o besarla, y al final su cordura perdió; pues se despojó de su bata oscura quedando totalmente desnudo ante ella y dejándole apreciar su belleza con plenitud.

Gimió ahogadamente y se aferró a las sábanas cuando él se deslizó por su vientre de manera ascendente hasta llegar a sus erguidos pechos, donde uno fue víctima de su hábil lengua. Se arqueó y lloriqueando roncamente, su centro fue aliviado con los grandes dedos que empezaron a mimarlo como quería, frotándose contra él y presionando el duro botón que sufría un dolor latente.

—¿Cuántos libros estuviste leyendo, cariño? —preguntó él, mientras latigueaba su pezón con su lengua y ella tragó con fuerza.

—Me leí como siete más.

—Vaya. —Sopló sobre la piel tierna y volvió a probarla—. He de suponer que tienes nuevos conocimientos.

—Sí. —Asintió con desesperación y él se detuvo, pasando así al otro pecho—. Déjame probarte.

—Y yo lo haré al mismo tiempo. ¡Ah! —chilló cuando él mordió la piel frágil y alzó la cadera rozando sus pelvis con descaro.

—Dime lo que sabes.

—Bueno… —suspiró—, quiero chupártela mientras tú haces lo mismo conmigo.

—¡Eres tan atrevida! —exclamó, tomándola por sorpresa, y lanzó un gritillo cuando él la volvió sobre el colchón, dejándola sobre él—Date vuelta.

Manteniéndose a horcajadas sobre él, le dio la espalda y alzó la cadera de tal manera que esta quedara sobre el rostro masculino. Lo mejor habría sido esperar, pero ella tenía hambre y se abalanzó sobre el gran falo y lo probó como tanto le gustaba, siendo alcanzada a los segundos por la boca de Marcus en su centro palpitante.

—No le dirás nada a Oswin —susurró él, pasando la lengua por su hendidura y ella liberó el miembro, generando un sonido curioso, y lo lamió con ahínco.

—No lo haré, ahora sigue, te necesito.

Sus muslos fueron aferrados con mayor fuerza y esta vez se probaron sin vergüenza, hasta que cada uno fue capaz de recibir la esencia del otro. Con los cuerpos agitados y sudorosos, Marcus la obligó a recostarse correctamente y la abrazó por la cintura, atrayéndola hacia él.

—No soy bueno para ti —susurró muy cerca de su boca, haciéndola temblar por la anticipación. Se percató que él seguía quieto y fue ella la que unió sus labios con suavidad.

—Eres perfecto para mí.

Los labios masculinos se pegaron en una final línea y sintiendo como el calor la abandonaba, tuvo que ver cómo él abandonaba la cama y se cubría con su bata.

—¿Por qué haces esto? —bramó con histeria, incapaz de comprenderlo—. ¡Me quieres! ¡Me deseas! ¡¿Por qué no puedes elegirme?!

—¡Porque eres tú, maldita sea! —explotó con impotencia, dejándola helada. Marcus alborotó su cabellera con desesperación y continuó—: eres una mujer muy importante para mí y jamás estaré contigo por ese hecho, ¿lo entiendes? Nunca serás una opción para mí, por más que te deseé, que tu padre y hermano vengan a mí; jamás te aceptaré porque tú… simplemente no eres perfecta para mí.

Y dichas esas palabras la dejó sola en la alcoba, arrebatándole lo poco de felicidad que había conseguido sentir en los últimos minutos.

Todo era culpa de Oswin.

Se vistió con prisa, dejando que las lágrimas bajaran por sus mejillas y cuando salió de la alcoba, se encontró con Marcus esperando por ella. La despachó sin decirle adiós, lo único que le dijo fue: «no regreses, no obtendrás nada de mí».

Lloró silenciosamente todo el camino hacia su casa. Ingresó por la puerta de servicio y cabizbaja caminó hacia las escaleras, encontrándose allí con su hermano, quien la miraba con seriedad y los brazos cruzados, por su aspecto sospechaba que acababa de llegar hace unos minutos.

—¿Dónde estabas? —inquirió con voz firme y más lágrimas bajaron por sus mejillas.

—Tratando de recuperar la felicidad que me arrebataste.

No mostró síntomas de molestia.

—¿Y cómo te fue?

Sollozó amargamente, notando al fin un atisbo de preocupación en el semblante de su hermano.

—Por tu culpa, él no quiere saber nada de mí. Me dijo que ya no importaba nada, que ni aunque tú lo aceptaras él se casaría conmigo porque no es un buen hombre para mí. No sé qué hiciste para lavarle el cerebro, pero la única basura aquí eres tú, Oswin —escupió con desprecio, corriendo hacia las escaleras para dirigirse a su alcoba.

No quería verlo, nunca creyó que llegaría a odiar tanto a su hermano ni mucho menos que él llegaría a causarle todo ese dolor.

Capítulo 14

Mirando de soslayo a Bonnie, una y otra vez, mientras se desplazaba por la habitación, Janette evitó exteriorizar el pánico que estaba sintiendo en ese preciso momento. Las cosas se habían salido de su control. Por más que Oswin lo intentase, Hamilton no quería saber nada de Bonnie ni la familia en concreto. Le habían dado su bendición, y agradeciéndoles, Hamilton había declinado la oferta asegurando que podrían encontrar algo mejor para Bonnie.

¡El hombre estaba demente!

Según su amigo —porque sí, se habían reconciliado—, Hamilton decía no ser un buen hombre para Bonnie, un pensamiento proveniente de la cortesía de las duras palabras que Oswin había usado en el pasado para referirse a él y sus gustos —unos que por cierto le parecían fascinantes—. No obstante, volviendo al tema principal, existían muchos problemas de por medio y uno de ellos era que la baronesa quería que Bonnie se casara con el marqués de Normanby, ¡un viejo de cincuenta y cinco años!, una verdadera locura.

Su amigo y el barón estaban en contra del pretendiente, algo que aliviaba sus sentidos pero no lo suficiente como para dejar de alarmarse. Bonnie parecía estar resignada y si sus cálculos no fallaban algo había ocurrido mientras se encontraba de viaje con Oswin. No era una mujer paciente, por lo que seguramente tuvo un encuentro con Hamilton y las cosas no salieron tan bien como había esperado.

—Si te sientes aburrida puedes marcharte —musitó Bonnie, permaneciendo inmóvil en su lugar, y Janette se acercó a ella.

—No estoy aburrida; me preocupa que no quieras hacer nada por recuperar al conde.

Su sonrisa melancólica confirmó sus sospechas.

—No me aceptará —comentó con un hilo de voz, dejando que las lágrimas alteraran el tono de su voz y Janette endureció su semblante.

—Llevas con eso desde que inició la temporada y mira hasta donde llegaste —espetó con dureza, acunando sus mejillas—. ¿Dejarás que todo se eche a perder por el idiota de tu hermano? Piensa, cariño, él está tratando de pedirte perdón desde hace dos semanas y ya aceptó a Hamilton, ya nada te detiene para seguir luchando por él.

—Me dijo que no lo molestara.

—¿De verdad? —inquirió con curiosidad.

—No usó esas palabras precisamente, pero…

—Pero nada, aún hay tiempo, tú no quieres a otro hombre como esposo, por lo que no puedes dar por perdido al conde.

Bonnie suspiró, y dejó que sus hombros cayeran con resignación.

—Dijo que jamás que se casaría conmigo, que soy yo la del problema, prácticamente dijo que jamás tendría algo con Bonnie Stone.

El silencio se instaló en la alcoba y Janette deseó decirle toda la verdad; sin embargo, tanto Oswin, Caleb y ella habían acordado que sólo el conde podría contarle esa verdad a Bonnie, por lo que lo único que podía hacer por ahora era motivarla a luchar por ese hombre tan peculiar.

—Puede que esté siendo pesimista, tú también pensaste que jamás te daría una oportunidad después del como lo rechazaste.

Ella meditó sus palabras, y asintió otorgándole toda la razón.

—Mira, ambas sabemos que tiene un secreto y es por eso que Oswin le impidió acercarse, ¿qué tal si ese día que te citó en su casa intentó revelarte algo pero tu hermano se adelantó? Está claro que para Hamilton es algo importante, porque ahora se ha vuelto a cerrar ante la idea de decirte la verdad. No obstante, si tú luchas para descubrir lo que esconde, será más fácil para ti ayudarlo.

—Tienes razón —susurró, pensativa, y se puso de pie para ser ella la que caminara de un lugar a otro—. ¿Pero sabes?, Marcus no me dirá su verdad si me presento ante él, está muy susceptible ante mi presencia.

Era un excelente punto.

—Ve a por él, puedo ayudarte a hacer lo que quieras.

Era la primera amiga que tenía, si bien sus edades eran muy diferentes, ambas lograron congeniar bastante bien.

—No puedo ir a su casa, el mayordomo estaría sobre nosotros.

Asintió.

—Pero, Marcus pasa la mayor parte de su tiempo en Triunfo o derrota, podría disfrazarme y entrar al club —sugirió para sí misma, con una leve sonrisa en el rostro.

Janette suspiró y apoyó los brazos en el respaldar del sofá.

—Pero la pregunta es: ¿Cómo entrarás al club? —la idea era maravillosa, casi sintió envidia de no haberla ideado ella misma. Sin embargo, aún no estaba del todo pulida—. No eres ni empleada, ni cortesana y por supuesto tampoco miembro.

Bonnie apretó la mandíbula, dándole vueltas al asunto y una tercera voz hizo que ambas dirigieran la vista hacia la puerta de la alcoba.

—Algún día lamentaré mis palabras, pero estoy dispuesto a ayudarte —musitó Oswin, mirando fijamente a su hermana con verdadero arrepentimiento y Janette deseó estar lejos de ese lugar.

Bonnie lo miró con recelo, claramente arisca a la idea de perdonarlo tan pronto.

—Si quieres —espetó con desinterés y Janette le sonrió a su amigo, quien parecía ser capaz de hacer cualquier cosa por su hermana—. Necesito ir con Madame Gale, necesitaré un vestido para la ocasión y un antifaz.

—¡Te acompaño!

Obviamente, esa frase iba para todo lo que vendría en los siguientes días. Pero dado que Oswin estaba allí, mientras menos detalles diera mejor resultarían las cosas para ella.

—Las llevaré —dijo él, arreglando los gemelos de su levita—. Necesitarás dinero y…

—Oh sí… —susurró Bonnie, mirando a su hermano con fijeza—, claro que necesitaré dinero y sólo tú puedes ayudarme a conseguir la suma que requiero.

Muy bien, no estaba segura de nada, pero estaba claro que Bonnie ya tenía un gran plan en mente y nadie sería capaz de detenerla.

De camino a la tienda de Madame Gale, una modista exclusiva, Oswin trató de sacarle algo de información a Bonnie respecto a lo que tenía pensado hacer. Sin embargo, el hombre perdió la confianza de su hermana porque ella le respondió con un simple: «no es asunto tuyo». Cuando Madame Gale estuvo lista para atenderlas, fue Bonnie quien tomó la palabra.

—Necesito un vestido de noche para asistir a un club lo más antes posible.

La mujer observó a Oswin, haciendo acopio a su discreción, y este asintió.

—¿Tiene algo en mente milady?

Bonnie se mordió el labio inferior, como si las palabras estuvieran atoradas en su boca y de pronto soltó:

—Quiero parecer una cortesana.

Oswin no dijo nada, pero la preocupación brilló en su mirada.

—Yo también —espetó ella con prisa.

—¿Cómo? —preguntó él, pasando de largo a su hermana y poniéndose junto a ella—. Tú no tienes por qué ir al club, mantente al margen.

—Esto no es asunto tuyo.

—De acuerdo —aplaudió Madame Gale, antes de que una pelea iniciara en su tienda y les pidió a ambas mujeres que ingresaran al vestidor para que les tomaran las medidas.

—Necesito discreción —notificó Oswin y la mujer, muy profesionalmente, espetó:

—Mi único deber es convertir a mis clientes en las reinas de la noche, lo demás no es asunto mío.

Se emocionó, seguramente sus prendas quedarían hermosas.

—¿Para cuándo estarán listos? —inquirió con curiosidad.

—El viernes los tendré terminados, necesito unos cuantos días para lograr un resultado digno de ustedes. He de suponer que necesitarán máscaras.

Todos le dieron un sí.

—No hay tiempo que perder, necesitamos movernos con prisa.

Y dichas esas palabras se pasaron cuarenta minutos con la modista mientras sus criadas les tomaban la medida y les sugerían un sinfín de hermosas telas colores oscuros. Bonnie eligió una tela color escarlata con bordados de hilo de oro y Janette optó por un color azul oscuro con bordados plateados.

Madame Gale las felicitó a ambas por su elección y cuando estuvieron listas, salieron de los vestidores encontrándose con un Oswin bastante nervioso, caminando de un lugar a otro por la estancia. Él quería que su hermana fuera feliz y no quería meterse en sus decisiones, pues fue su error el que llevó a que Hamilton decidiera ponerle un fin a la relación.

La situación entre los hermanos estaba tensa y si Oswin comentaba sobre su desagrado respecto al plan, nada mejoraría porque Bonnie le diría que se mantuviera al margen y no se metiera en sus asuntos.

Bueno, tenía que admitir que estaba siendo un hermano bastante tolerante.

Bonnie sólo podía implorar, rogar y rezarles a los santos para que Oswin no cambiara de opinión en cuanto a su apoyo "incondicional" para que pudiera recuperar a Marcus. Estaba aterrada, iba a cometer una locura —otra de las muchas que llevaba cometiendo—, pero estaba segura que era la única manera en la que podría llegar a él y conseguir que se sincerara con ella.

A esas alturas debería sentirse una estúpida por seguir luchando por él, pero muy en el fondo comprendía que algo lo atormentaba y justamente por eso no pensaba darse por vencida tan pronto. Él la quería, podía sentirlo; es decir… nadie que no la quisiera la tocaría como Marcus, por lo que estaba claro que lo único que tenía que hacer era vencer ese miedo que le impedía estar con ella.

Dejaron a Janette en su casa y una vez que estuvo sola con su hermano, se mantuvo serena y con un semblante distante. No pensaba perdonarlo aún, Oswin tenía que ayudarla a recuperar a Marcus a como dé lugar, porque si no lo hacía, jamás le perdonaría el haber arruinado su vida.

—¿Estás segura de todo lo que estás haciendo?

—Nunca he estado tan segura de algo en la vida.

Él suspiró larga y pesadamente.

—Cuentas conmigo.

¿Contaría con él cuando descubriera que pensaba entregarse a Marcus?

Esperaba que sí, sólo así le creería ese repentino deseo de querer ayudarla.

No era una mujer distraída, por lo que sabía que Janette y Oswin se fueron de viaje juntos y descubrieron algo respecto a Marcus. Seguramente era algo serio e íntimo, dado que su amiga se lo habría comentado si fuera algo de poca importancia. No obstante…

—¿Cuándo piensas casarte?

Oswin la miró con sorpresa.

—En unos treinta años —gruñó malhumorado.

—Con Janette —aclaró con sequedad y él se tensó—. Estoy segura que viajaste con ella, Janette empezó a venir cuando tú estuviste en casa.

—Ella se metió en el carruaje, en ningún momento le pedí que me acompañara —confesó.

—¿No quieres casarte con ella? —inquirió con curiosidad, ¿cuál era la razón que lo retenía? Tenía a Janette para él, fácilmente podría desposarla.

—El matrimonio no está en mis planes, lo estuvo tiempo atrás hasta que... —meditó sus palabras y un deje de dolor, rabia y decepción invadió su semblante durante breves segundos—, descubrí lo intensa y exasperante que puede ser esa mujer.

—Ella no te esperará para siempre.

—Es una solterona. —Se encogió de hombros y Bonnie sonrió con malicia.

Una solterona que quería placer carnal, una mujer que tenía el dinero y la libertad de hacer lo que quisiera; y una de esas cosas, era conseguir un amante.

—Eres un cobarde —soltó, regresando la vista a la ventanilla del carruaje.

Ella no quería ser como su hermano, Bonnie no se quedaría estancada, ella sí iría por el hombre de su vida.

—¿Qué más necesitarás aparte de tu vestido? —desvió el tema, como si quisiera dejar a Janette fuera del asunto y Bonnie carraspeó con cierto nerviosismo.

—Un adelanto de mi dote, te lo devolveré cuando Marcus sea mi esposo. —Oswin la miró con sorpresa, y entonces lanzó la noticia con prisa para hacer las cosas más sencillas—. Necesito cinco mil libras.

Marcus necesitaba dinero; y si ella tenía que jugar sucio para meterlo al juego, lo haría con gusto.

Capítulo 15

El esperado día llegó y sintiéndose la mujer más atractiva de Gran Bretaña, Bonnie aceptó la mano que su hermano le tendía para subir al carruaje.

Su vestido era hermoso, bastante atrevido a la altura de su escote pero todo lo que ella necesitaba para atraer a Marcus. El corsé marcaba su fina cintura con elegancia y los hombros descubiertos le daban un aire de grandeza junto al collar de rubís que había tomado de entre las joyas de su madre. Su fragancia ese día no era el de rosas, su hermano le había recomendado que la cambiara, ¿por qué? No estaba segura, pero prefirió hacerle caso, por lo que ahora mismo olía a lirios.

—Sigo sin comprender por qué tienes que ir. —Salió de su letargo al oír el gruñido de su hermano.

—Si no me ayudarás a subir hazte a un lado, estamos perdiendo el tiempo.

Sonrió.

Janette estaba tan entusiasmada como ella porque la noche diera el verdadero inicio que las guiaría hacia la aventura. Su amiga subió sola al carruaje y Bonnie sonrió abiertamente al ver lo gloriosos que se veían los senos de su amiga en aquel escote bastante atrevido.

Esperaba, con todas sus fuerzas, que Oswin aprovechara esa noche para tomar a la mujer que amaba. Si no, dudaba que algo bueno saliera después de ese día para la pareja, pues estaba segura que Janette buscaría enredarse con un hombre y nada la detendría.

El rubio subió tras de ellas, totalmente ofuscado, y las obligó a ambas a cubrirse con sus máscaras. La suya era dorada y la de su amiga plateada, les cubrían la mitad del rostro y eso era algo muy bueno para las dos. El exceso de maquillaje ayudaba a que sus rasgos se vieran diferentes, les daba un aire más maduro a sus delicadas facciones.

Su hermano, hasta ahora, había sido bastante bueno con ella y le había demostrado todo su apoyo, por lo que esperaba por todos los medios que las cosas empezaran a salir mejor desde ahora. Sospechaba que él ya sabía lo que tenía planeado hacer esta noche. En el fondo le aliviaba, como también apenaba un poco, hubiera preferido que todo ocurriera de manera más discreta.

—¿Cómo entraremos? —inquirió con cierto nerviosismo.

—Beaufort decidió ayudarnos un poco.

¿El duque de Beaufort? ¿Con qué fin los ayudaría?

—Él también quiere que Hamilton se case —agregó su hermano—, recuerda que es a él a quien le debe las veinte mil libras.

Buen punto. Jamás pensó que el duque obraría de aquella manera, según los rumores era un hombre sin escrúpulos y totalmente peligroso. Ladeó la cabeza, ese asunto no era suyo y tampoco le importaba. El carruaje se detuvo en un callejón y ambas miraron el lugar con curiosidad.

—Ingresaremos por la puerta de atrás, llamarán mucho la atención si ingresan por la puerta principal.

Perfecto.

Uno de los guardias los guio por estrechos pasillos y luego movió un cuadro, consiguiendo que la pared se moviera y quedara un gran espacio —como el de una puerta— para que ellos pudiera ingresar. El mismo hombre los guio por un pasadizo secreto hasta que llegaron al cuarto piso.

Terminaron en una alcoba bastante sugerente para un encuentro carnal. La boca se le secó al ver el mullido colchón. Ella quería tener a Marcus esa noche y al parecer el club tenía las instalaciones que requería.

—Desde aquí nos moveremos solos —espetó su hermano con voz ronca, sujetando el brazo desnudo de Janette, al parecer temía que se le escapara.

Para cuando estuvieron solos, los tres aguardaron unos minutos en silencio.

—¿Qué estamos esperando? —inquirió con ansiedad y su hermano suspiró.

—No quiero hablar del tema, pero debo hacerlo: sé lo que harás, comprendo cuál es tu idea y la apoyo porque sólo tú sabes cómo llegar a Marcus; no obstante, no puedes ir tú sola así como así.

Parpadeó varias veces y un leve rubor trepó por sus mejillas.

Un suave toque la hizo respingar y rápidamente se volvió sobre su lugar, encontrándose con la imagen de una hermosa rubia en la puerta de la alcoba. La mujer hizo una venía y su hermano se posicionó frente a ella, como si quisiera evitar que cruzaran muchas palabras.

—¿Está abajo?

—En efecto, señor —respondió la rubia.

—Muy bien, Jocelyn. —Miró de soslayo a su amiga, quien se tensó con brusquedad—. Sabes que confío en ti, por lo que espero que nos ayudes a culminar esta noche victoriosamente.

Se hizo a un lado, dejándola nuevamente a la vista y ahora la mujer se adentró a la estancia.

—Explícale cuál es tu plan, Bonnie —pidió su hermano—. Ella te ayudará a perfeccionarlo.

Quiso desprender los labios, pero alguien se adelantó.

—Mientras conversan, yo iré a caminar por el club —espetó su amiga con fingida ansiedad y pasó de largo a su hermano, quien la sujetó del brazo pero fue rechazado de inmediato en el momento que ella se liberó de su cautiverio—. No haré nada malo —aclaró antes de irse, como si quisiera que Oswin se sintiera tranquilo.

Vamos… no sería posible que esa rubia fuera amante de su hermano, ¿verdad? Porque si era así, estaba segura que Janette lo sabía y su hermano acababa de perder todo atisbo de esperanza con la pelinegra.

—Apresúrense —ladró su hermano con histeria, desesperado por seguir a su amiga, y rápidamente prosiguió a contarle a la mujer lo que tenía en mente, sin obviar detalle alguno.

Fue fácil entenderse con ella, era una mujer bastante segura de sí misma por lo que eso le aseguraba que llevaría a Marcus hacia ella a como dé lugar.

***

Era un hombre patético, y lo sabía.

Si otro estuviera en su lugar, Marcus estaba seguro que ya habría desposado a Bonnie y la hubiera sometido a sus preferencias sin importarle las de ellas. No obstante, él la amaba y jamás sería capaz de generarle tal mal a la mujer de su vida, por lo que la renuncia a ella sería su mayor muestra de amor.

Oswin le había dicho que lo comprendía, que Caleb le había explicado todo y lamentaba haberlo tratado tan mal e insultarlo respecto al tema sin saber nada sobre él.

Recibir su disculpa fue gratificante hasta que le dijo que tenía todo el permiso de casarse con su hermana, ¿de verdad pensó que todo sería tan fácil? Él mismo le generó nuevos miedos y ahora difícilmente se creía capaz de enseñarle a Bonnie lo sádico que era su mundo en el erotismo.

Se frotó el rostro con frustración y le dio otro trago a su copa de whisky. Necesitaba concentrarse en sus asuntos y el primero era encontrar una manera de reunir las veinte mil libras para pagarle a Beaufort, si bien Windsor le había dado un buen trabajo con un sueldo agradable; este no era suficiente para cubrir su deuda.

Ladeó la cabeza.

Debió haberse suicidado cuando pudo, cuando nada lo ataba a este mundo, pues no tenía una familia a quien deshonrar y sólo él se hundiría en su miseria. Nunca debió acercarse tanto a Bonnie y aceptar sus atractivos tratos, ahora la idea de dejarla era casi insoportable; pero, curiosamente, la idea de tomarla sin pensar en ella le resultaba todavía más desagradable.

Sin ganas de seguir revolcándose en su miseria, Marcus barrió el lugar con la mirada. Las cortesanas se desplazaban de un lugar a otro buscando compañía, ninguna se acercaba a él porque llevaba más de un mes rechazando a todas, así que sabían a qué atenerse y preferían no intentarlo; sin embargo, su mirada recayó en el hombre, posiblemente, más feliz de la noche. El vizconde de Portman y el eterno enemigo de Oswin. Quiso retirar la mirada, pues lo que hiciera el castaño no era de su incumbencia, pero no pudo.

La mujer que tenía rodeada por la cintura llamó su atención.

Era alta, de cabellera oscura y piel de porcelana. Una nueva cortesana, pues llevaba una máscara y sólo ellas traían una. Su vestido era de un azul oscuro con bordeados plateados, una prenda costosa desde su perspectiva.

¿Sería su querida?

El vizconde tenía una posición privilegiada, al igual que belleza, por lo que no le sorprendería que esa llamativa mujer fuera su nueva adquisición.

Su mirada se encontró con la de la dama misteriosa y sus cejas se alzaron cuando ella la retiró con nerviosismo. ¿Se conocían?

En ese momento lamentó haber ingerido tanto alcohol y ladeó la cabeza, entrecerrando los ojos para encontrar algún rasgo que le permitiera conocer su identidad. Ella se volvió hacia el vizconde y lanzó un jadeo cuando el noble empezó a regar besos por su hombro descubierto con descaro.

No lo apartó, por más que su cuerpo tirító no lo empujó lejos de ella.

—Lamento informarte que está reservada.

Con el odio destilando por los poros, volvió la mirada hacia Jocelyn, la antigua querida de Oswin y la única mujer que pudo haberle comentado su secreto a su amigo. Era una maldita chismosa, una… aligeró la tensión en su rostro. Ella hizo lo correcto, impidió que mintiera y lastimara a sus seres queridos.

Aunque igual la odiaba.

—¿Qué quieres? —preguntó con dureza, no solía ser un hombre rudo pero esa mujer le caía muy mal.

La mujer enarcó la ceja, burlona, y simuló desinterés mientras le daba una rápida ojeada al lugar.

—Una mujer te espera en los cuartos especiales —musitó en voz baja, sólo para que él escuchara.

—No pagué por los servicios de nadie.

Y menos pagaría por unas horas en esos cuartos. Costaban una fortuna.

—Su excelencia, el duque de Beaufort, espetó que creía que sería bueno que asistieras.

Se tensó, ¿sería posible que quisiera matarlo ahora que sabía que no podría pagar la deuda? Tragó con fuerza, tal vez sería lo mejor para todos, ya no estaba seguro si quería seguir teniendo esa vida llena de miseria.

Sin perder el tiempo se puso de pie, perdiendo un poco el equilibrio, y subió los dos pisos que tenía por delante para llegar a la alcoba donde Jocelyn le indicó que lo esperaban. La más costosa, la más lujosa y por así decirlo la más erótica de todas.

Windsor le había dado un tour por el club y le había indicado la función de cada una de las instalaciones, por lo que ahora estaba seguro que Beaufort acabaría con su vida en ese lugar. Nadie pagaría una fortuna para tener una reunión con él en esa alcoba tan costosa.

Pero… Jocelyn dijo que lo esperaba una mujer. ¿Debería creerle?

Ya se respondería dentro de poco.

Capítulo 16

Ingresó sin tocar, si ese día sería su fin prefería que fuera rápido. No obstante, Hamilton paró en seco al percatarse que en la alcoba no había ningún asesino serial, sino una hermosa mujer vestida con un espléndido vestido color pasión, lujuria y tentación.

La luz de la alcoba era escasa, pero incluso así esa mujer de diminuto tamaño brillaba como el mismísimo oro. La fémina se volvió hacia él, haciendo danzar sus bucles dorados y tragó con fuerza al detallar la pequeña boca color carmesí. Su piel era pálida, al menos eso mostraba la luz de las velas, y no negaría que toda ella le trajo la imagen de Bonnie a la cabeza.

Era fácil pensar en ella dado que esa mujer tenía el rostro cubierto de la mitad para arriba.

—Mis disculpas, abrí la puerta equivocada. —Esa mujer nunca tendría interés alguno en juntarse con él, era una locura total, por lo que lo mejor sería irse sin causar mucho revuelo y hacer de cuenta que esto nunca pasó. Además, todo eso le generaba una terrible desazón en la garganta, él no quería engañar a Bonnie.

Le dio la espalda y se detuvo cuando la hermosa mujer habló.

—No, espere, lord Hamilton.

Era una francesa y no le sorprendía, eran las cortesanas, cantantes y actrices más hermosas. Su acento era suave pero pulcro. No muy seguro se volvió hacia ella.

—¿Me conoce?

La mujer asintió y Marcus hizo una mueca de disgusto, eso no estaba bien.

—¿En qué puedo ayudarla, mi señora? —No se le ocurría otra forma de llamarla, aún no quería dar por sentado que era una cortesana porque era la primera vez que la veía por allí y su vestido era demasiado costoso, casi de la misma calidad del vestido de la mujer que ahora mismo estaría siendo víctima de los labios del vizconde de Portman.

Ella titubeó, pero luego se enderezó con seguridad.

—Pase y cierre la puerta. —Era un poco demandante para su agrado, pero terminó obedeciéndole, a pesar de que nunca le gustó ser un sumiso ante las mujeres, había algo en esa criatura divina que le impedía marcharse y dejarla sola en aquel lugar donde otro podría tocarla.

Se tensó.

Eso estaba mal, ¡él amaba a Bonnie!

Pero Bonnie nunca sería suya.

—¿Tiene algún nombre por el que pueda llamarla? —Se desplazó por la habitación con curiosidad, observando la gran cama del dormitorio.

Sonrió con melancolía, ¿debería olvidarla?, ¿debería aceptar los favores que esa mujer parecía querer ofrecerle? Ella le atraía más de lo que quisiera aceptarlo, pues llevaba mucho tiempo rechazando a cada una de las mujeres que se le ofrecían, ¿qué había de diferente en esta mujer que ahora se replanteaba la idea de acostarse con ella?

—Llámeme como quiera. —Alzó la barbilla con altanería.

Él sonrió levemente. Esa mujer se veía muy elegante para ser una simple cortesana, ¿sería nueva en la ciudad?

—¿En qué puedo ayudarte, querida? —Se mantuvo sereno, dejando que ella llevara el control de la situación. Avanzó lentamente hacia ella, acechándola con pericia, era definitivamente hermosa, si bien la escasa luz no le permitía detallar sus rasgos, ella era preciosa.

El olor a lirios llegó a él y paró en seco.

Lady Lisa solía oler a lirios, nunca le había desagradado el olor, hasta ahora, pues hubo una temporada donde pretendió olvidar a Bonnie y su irresistible olor a rosas con la dama en cuestión sólo porque su exuberante cuerpo logró atraparlo.

Retirando esos recuerdos de su cabeza, se forzó así mismo a plantarse frente a la rubia, descubriendo que era bastante pequeña.

La escudriñó con la mirada sin perderse detalle alguno del profundo escote que dejaba en evidencia la carencia de volumen en esa zona. Antes los senos grandes habían sido su delirio, pero ahora su agonía era Bonnie Stone, una mujer que tenía menos curvas que la pluma que usaba para redactar sus cartas.

Sonrió con melancolía, una mujer prohibida para él.

—¿Para qué me citó aquí?

***

—Creo que tu hermana es una persona bastante admirable —aceptó Jocelyn, asintiendo con parsimonia—. Mira que ir ella misma por el hombre que desea, creo que no debiste meterte.

¿Y se lo decía ahora, después de haberlo alarmado con la escasa información que le dio respecto al tema?

—¿No tendrías que estar trabajando? —gruñó con desagrado, dejando de observar la puerta por la que Hamilton había entrado.

—Estoy aquí, ¿no? —lo sujetó del brazo, generándole muchos temores.

No quería que Janette lo viera nuevamente con Jocelyn. Ella había descubierto sobre su viaje por su hermana, por lo que seguramente sabría que la rubia fue su amante tiempo atrás y seguía manteniendo una relación esporádica con ella.

—Dudo necesitarte. —Se soltó de su agarre con cuidado, ansioso de llegar al primer piso.

Janette estaba muy equivocada si pensaba que la dejaría andar por el club sola, él la conocía muy bien y no le gustaba en lo absoluto que el conde le hubiera otorgado su libertad y poder sobre su pequeña fortuna. Esa mujer necesitaba estar atada a cadenas para quedarse tranquila.

—¿Quieres pasarla bien con la otra mujer? —preguntó Jocelyn con diversión, pisándole los talones.

—Es mi amiga. —Se detuvo antes de llegar al primer piso para encararla—. Y no te quiero cerca de ella ni de mí.

—La amiga que jamás podrás tener, ¿verdad? —inquirió, pensativa, mirando sobre su hombro hacia la sala del club.

Odiaba que todo el mundo fuera capaz de leer sus pensamientos menos Janette.

—Yo me replantearía las cosas —sugirió con retintín, mirándolo nuevamente—. Ella se ve muy entretenida.

No dejó que las emociones lo invadieran ante el malicioso comentario, simplemente se dio la vuelta y bajó los últimos peldaños mirando un punto fijo antes de buscar a su objetivo. Ganando un poco de aire —aterrado de lo que pudiera encontrar—, alzó la mirada y sólo necesitó girarla un poco para encontrar una escena que hizo que la sangre le hirviera.

Alguien estaba tomando su primer beso —porque el primero que él tomó la noche que se conocieron no era válido—. Y no era él quien se lo estaba robando.

Empuñó las manos al ver como la lengua del vizconde devoraba la de Janette y su cuerpo vibró de pura rabia cuando ella lo abrazó por el cuello, atrayéndolo aún más. Estaba disfrutando de ese beso, ¡estaba gozando del hombre que la torturó por al menos tres temporadas hasta que él le cerró la boca a golpes!

Avanzó peligrosamente hacia ellos, pero Jocelyn se puso frente a él, exteriorizando su nerviosismo.

—No puedes separarlos, llamarás la atención.

—Claro que puedo —ladró con los dientes apretados.

—Sabrán que es ella, tú nunca ocasionas problemas, la asociarán con lady Morrison.

Inhaló con fuerza y sus fosas nasales aletearon con adrenalina viendo como el vizconde disfrutaba de Janette, la mujer que él debería haber tomado desde hace mucho tiempo.

—Haz algo, Jocelyn —ordenó con voz ronca—. Haz algo o esta noche mataré a alguien. —La garganta se le cerró al ver como ese imbécil tiraba de Janette hacia ellos, quería llevarla a una de las alcobas y ella no estaba en el menester de negarse o soltarlo.

Algo en el pecho le dolió y le ardió con brío. ¿Cómo no pudo notar lo necesitada que su amiga estuvo de amor?

Sus miradas se encontraron y ella tropezó, exteriorizando todo su terror al verlo, seguramente, rojo de la cólera. Portman se detuvo para prestarle su atención y ella sonrió con nerviosismo, mirándolo de soslayo. Entonces volvió a ocurrir, ese idiota volvió a besarla pero esta vez ella no pudo disfrutarlo porque sus ojos estaban sobre él.

—No creo que el vizconde quiera soltarla —susurró Jocelyn con angustia y él endureció su semblante al percatarse lo mucho que le disgustaba a Janette verlo con Jocelyn, pues casualmente ahora estaba muy contenta con la lengua del vizconde dentro de su boca.

Ellos liberaron sus labios, generándole más enojo que alivio y retomaron su marcha. Sin embargo, ninguno vio venir el pie de Oswin, el cual provocó la caída del vizconde, ni mucho menos como tomaba a la mujer y la llevaba escalera arriba mientras Jocelyn distraía al hombre que lloriqueaba quejambrosamente en el piso.

No los había visto, porque si no estaría gritando como un niño pequeño que deseaba su caramelo de regreso.

Ella no se quejó, pero cuando llegaron al tercer piso espetó un frío:

—Bájame.

Como la tenía acarreada en el hombro, lo hizo con cuidado, pero usando su cuerpo y la pared como jaula.

—No pedí que te metieras.

—Yo no te traje aquí para que te comportaras como una ramera.

Lejos de golpearlo, como había esperado, ella sonrió con melancolía.

—Pero yo vine a eso —confesó, dejándolo helado.

—¿Te estás escuchando, mujer loca?

Ella intentó empujarlo, pero él se presionó aún más contra ella.

—Oswin, no te metas en esto, disfruta de tu amante mientras yo encuentro al mío.

Lo sabía, ella estaba al tanto de su pasado con Jocelyn.

—No dejaré que te mancilles, estás demente si crees que permitiré que arruines tu buen nombre.

—¿Cuál buen nombre? —bramó con rabia, sorprendiéndolo—. Soy el hazmerreír, la solterona, la mujer que jamás conocerá el amor ni el placer. Tú hermana, Oswin, que está en su primera temporada sabe más que yo en lo que respecta la intimidad con un hombre.

Se sonrojó.

Eso ya lo sabía, y justamente por eso le recomendó usar otro perfume para distraer a Hamilton.

Ladeó la cabeza, endureciendo sus sentidos. No era momento para hablar de Bonnie.

—Eso es lo de menos, mi hermana tiene a un hombre que la desea y quiere desposarla. —Palabras equivocadas, nuevamente era el culpable de su dolor.

—Yo tengo a un hombre que me desea en el primer piso.

—Pero él no qui…

—¡Yo tampoco quiero! —chilló con rabia, empujándolo por el pecho.

Retrocedió varios pasos.

—Ya sé que nadie se casará conmigo —escupió con desprecio—. Llevo años estando al tanto de esa verdad, no necesito que me la recuerdes.

—Janette —suspiró con cansancio—. Tú no eres así, la tentación te está cegando, pecar sólo…

—¿Pecar? —musitó para sí misma, y asintió—. Tienes razón, Oswin —le sonrió, provocándole un dolor en la entrepierna—. Quiero pecar, quiero ser digna de las críticas que ya recibo, quiero irme con un hombre y conocer el placer, deseo; no, espera, anhelo —alzó la voz—, perderme en sus brazos y quemarme en el infierno. —

Lo miró con ternura, como si algo dentro de ella esperara que la comprendiera. Y lo hacía—. Por favor, si me quieres como yo te quiero, déjame vivir mi vida como llevo anhelando durante años.

No se movió, fue incapaz de hacerlo; no obstante, ella sí lo hizo y antes de que saliera de su alcance, Oswin la sujetó del brazo.

Ella suspiró con resignación, enterrando el rostro en sus manos y con un rápido movimiento la estrelló contra la puerta de uno de los dormitorios. Janette jadeó asustada y lo buscó con la mirada.

—De acuerdo, lo comprendo. Esperaremos a Bonnie. —Tragó con fuerza.

—Te quiero más de lo que te imaginas —musitó con voz ronca, dejando que su aliento acariciara la mejilla femenina.

—Osw…

—Y por eso, me quemaré en el infierno contigo.

Abrió la puerta y antes de que ella pudiera quejarse, la metió dentro siguiéndola para luego cerrar con cerrojo con ambos dentro.

—Espe… —atrapó sus labios, incapaz de escuchar su rechazo y la besó con dureza, deseando borrar de su mente el beso que ella recibió del vizconde.

En un principio ella pareció aturdida, pero para su sorpresa luego respondió a su beso con ardor, abrazándolo por el cuello y enredando sus largos dedos en su rubia cabellera.

Todo su cuerpo se prendió como si en su interior el fuego se alzara listo para arrasar con sus órganos. Lo estaba besando, lejos de apartarse, Janette se estaba entregando a él.

¿Entregando?

Un gemido brotó de su garganta.

Sí, ella sería suya. Por fin la tomaría.

Sus agiles manos abrieron los botones del vestido, dejando que la tela se arremolinara a sus pies y luego prosiguió con el corsé y todo aquello que estuviera en su camino. Estaba desesperado, loco por sumergirse en ella.

Para su sorpresa Janette también se dispuso a quitarle las prendas, recibiendo su ayuda, y cuando estuvo sólo con sus pantalones y botas, la alzó en vilo para postrarla muy suavemente sobre el mullido colchón.

Sus labios se separaron y dejándola jadeante en la cama, admiró su desnudez deshaciéndose de sus botas, seguido de sus pantalones. Sólo cuando quedó desnudo, ella se inquietó al darse cuenta del rumbo que habían tomado las cosas.

No le dio tiempo a huir porque se tendió sobre ella, separándole suavemente las piernas, y volvió a mordisquear sus labios.

—Esto no está bien —soltó con agonía, tratando de empujarlo por el pecho y él descendió sus labios hasta atrapar el duro pezón—. ¡Oswin!

¿Cuántas veces había soñado con esa escena?

Llevaba años haciéndolo, sería imposible contarlas.

Su mano acarició el núcleo de su amante y su longitud ganó mayor tamaño al descubrir la gran humedad que le anunciaba lo lista que estaba para él. No tenía tiempo que perder, podría llevarla al clímax de muchas maneras, pero para eso necesitaba relajarla, y la única manera de hacerlo era concluyendo la primera etapa, y quizás la más difícil para Janette.

Se posicionó en el recinto que anhelaba poseer, las piernas se abrieron para él y buscándola con la mirada, muy lentamente se fue impulsando en su interior, deleitándose de los gestos de su mujer.

Porque era suya, ahora nadie lo alejaría de Janette.

Apretado, caliente y ardiente, así era su nuevo hogar.

Ella se arqueó cuando la barrera cayó, permitiendo que él ingresara por completo y por varios minutos Oswin besó sus labios, buscando relajarla.

—Jamás tocaremos el tema —musitó ella, encontrando sus ojos y él salió lentamente de su cavidad—. Hoy sólo me hiciste un fav... ¡Ah!

Aferró una mano al cabecero de la cama y la otra la ahuecó en el glúteo de su amante, elevándola levemente, y luego inició a arremeter sin control, sabiendo que era la única manera de callarla y llevarla al placer.

El favor se lo estaba haciendo ella, calmando el fuego que ardía en él, aunque… quizás sólo le estuvieran echando leña porque ahora se rehusaba a renunciar a ese calor.

Con su cuerpo galopando sobre ella, los senos rebotando para él, Oswin se concentró para no acabar antes que ella. Guio su mano al centro femenino y con ahínco empezó a estimularla, consiguiendo al fin que las paredes vaginales lo rodearan y el líquido se deslizara por su miembro, anunciando junto al grito de Janette la llegada del glorioso orgasmo.

—¡Ah! —bramó él, ahora sujetándose al cabecero de la cama mientras su simiente se deslizaba en el interior de Janette, llenándola por completo.

Con los cuerpos sudorosos y las respiraciones jadeantes se miraron por largos segundos, alarmados y sorprendidos; sin embargo, lejos de retroceder, ambos tomaron impulso para volver a unirse en un beso hambriento y voraz.

***

—Quiero hacer un trato con usted —confesó, avanzando hacia la mesa que estaba junto a la ventana de la alcoba.

Marcus frunció el ceño y la siguió con curiosidad.

—¿Qué trato?

Ella inhaló y exhaló profundamente antes de lanzar lo que Marcus consideró una bomba.

—Le depositaré cinco mil libras en su cuenta mañana a primera hora, manteniendo mi identidad oculta, si esta noche se acuesta conmigo.

Se quedó frío. Todo rastro de serenidad se esfumó y miró perplejo a la mujer que seguramente sería una viuda adinerada.

¿Cinco mil libras por una noche? ¿Es que acaso lo creía un prostituto?

Hamilton se dio unos segundos para serenarse y pensar las cosas con calma. No todos los días una mujer hermosa venía ofreciéndole sexo a uno junto a cinco mil libras. Por los cielos, ¡era una locura!

Una muy tentadora, tomando en cuenta lo mucho que necesitaba ese dinero.

—¿Por qué yo? —Deseó saber y ella tiritó levemente, recordándole nuevamente a su musa prohibida. ¿Podría tomarla pensando en Bonnie? Era poco ético, pero era lo único que tenía ahora; la resignación y a esa mujer que era parecida a su amada.

—Porque nadie quiere escuchar mi pasado y creen que soy una amenaza.

Eso captó su atención y ella continuó.

—Soy viuda —dijo en un perfecto francés y él se alegró demasiado. No era ni cortesana, ni casada—. Pero soy una viuda virgen y nadie quiere... Ser el primero.

Y era comprensible. Eso significaría un matrimonio irremediable, más si ella era una dama.

—Pero yo no quiero ser parte de la aristocracia —soltó como si le leyera los pensamientos—. Yo sólo quiero... Placer. Tengo dinero de sobra, no me urge un marido y a usted le urge el dinero.

Y una esposa que bien podría ser la dama misteriosa si no estuviera tan enamorado de Bonnie.

—¿Cómo sabe de mí? —inquirió, pensativo.

El tener a Bonnie tatuada en la cabeza y el corazón le impedía excitarse por esa mujer.

—¿Quién no sabe de usted? —le respondió con una pregunta y él se adentró a un juego peligroso.

Necesitaba sacar a Bonnie de sus pensamientos.

—Tengo mis reglas en la cama, querida, supongo que no te gus...

—¡No! —Avanzó hacia él y lo sujetó del brazo, desesperada—. Haré lo que me pida, puedo ser suya toda la noche, siempre y cuando no me quite la máscara.

Cinco mil libras eran un regalo del cielo y no estaba tan desquiciado como para rechazarlas.

—Muy bien. —Se cruzó de brazos, poniéndola a prueba—. Puede desnudarse.

Para su sorpresa no titubeó y empezó a desprenderse de cada una de sus prendas, generándole una horrible tensión, y no exactamente por placer. Su mente gritaba el nombre de otra y su corazón bombeaba por ella, no por la mujer que tenía en frente y se preparaba para someterse a él.

—¿Qué espera de mí? —quiso saber.

—Placer. —Fue la simple respuesta que no consiguió relajarlo ni un poco.

Ladeó la cabeza y trató de adoptar una posición más firme. Sin culpas, tomaría a esa mujer pensando en Bonnie. Sin querer observar más su desnudez —pues la culpabilidad lo carcomía—, tocó la campanilla, desviando la mirada.

Ella respingó.

—¿Qué hace?

—Dijo que hará lo que le pida, por lo que le ordeno que guarde silencio.

Mientras menos empatía y complicidad generara con esa mujer, mejor.

Jocelyn le trajo aquello que él quería, cosa que lo desconcertó porque no siempre usaba las sogas, fustas y demás artefactos; y sujetando el maletín volvió a cerrar la puerta, decidido a no prestarle atención, para concentrarse en la mujer que lo esperaba desnuda junto a la cama.

Nuevamente evitó mirarla. No quería hacerlo, algo dentro de él le dolía, pues en el fondo sabía que estaba traicionando a Bonnie por dinero como un prostituto de quinta. Quiso echarse a reír como poseso, la vida era toda una ironía, ¿quién creía que él, un hombre con profesión y título terminaría vendiéndose a una viuda virgen?

—¿Para qué es eso?

Como no era un hombre egoísta, no le mostraría sus juguetitos favoritos hasta que estuviera lista. Empezó a despojarse del chaleco, luego de su camisa y cuando tuvo el torso desnudo, con un gesto de mano le pidió que se acercara.

El corazón se le encogió al ver a la hermosa mujer caminar en su dirección como si él fuera su única salvación. Se sintió culpable por pensar en otra mujer mientras se encontraba con ella.

Pero… se parecían. No había duda de ello.

Su Bonnie… todo el placer que le había regalado los últimos meses lo tenía desolado, pues jamás podría recibirlo otra vez.

Negó con prisa, decidido a sacarla de su cabeza. La viuda virgen no merecía eso, estaba siendo relativamente generosa con él.

—¿Hasta dónde quiere que llegue esta noche?

—Hasta donde quiera hacerlo —susurró con deleite, acariciando su fornido pecho.

No era tan principiante, pero incluso así era imposible que su cuerpo reaccionara. El tacto lo quemó, subiéndole la bilis por la garganta y sujetó ambas manos femeninas, pensativo.

Ella levantó la mirada.

Capítulo 17

En el silencio del carruaje, Bonnie no supo si ponerse a llorar o saltar del mismo allí mismo.

Nuevamente había sido rechazada, no importaba lo que hiciera, como se vistiera ni en qué papel estuviera; ella simplemente no conseguía atraer a Marcus de ninguna manera.

Lo siento, querida, pero no puedo hacerlo.

Fueron sus palabras antes de vestirse completamente, agradecer su amabilidad y abandonar la alcoba dejándola congelada y verdaderamente humillada. Había asistido al club con toda la intención de ser algo para él esta noche, de ser la mejor amante que él jamás habría tenido, pero una determinación aplastante en los ojos de Marcus había conseguido hacerlo retroceder, rechazándola otra vez.

Jocelyn había entrado a los minutos, ayudándola con cada una de sus prendas y no hizo comentario alguno sobre lo ocurrido; no obstante, lo sospechó, pues la cama seguía tal y como ella le había mostrado en un principio. Cuando Bonnie preguntó por su hermano, la rubia simplemente le sonrió y le pidió que la esperara unos minutos. Sin embargo, fue a la media hora que ella regresó seguida de su hermano, quien tenía el rostro ruborizado y la respiración agitada —por no hablar de la ropa desaliñada—. Sin hacer comentario alguno, los tres, junto a Janette, quien permaneció en silencio la mayor parte del tiempo, abandonaron el club de la misma manera en la que ingresaron.

Para su sorpresa, tanto su hermano como su amiga estaban guardando silencio. Miró de soslayo a su hermano, quien tenía la vista fija en Janette y volvió a concentrarse en su falda.

Lo perdonaría, total, Hamilton la estaba rechazando aún con la aceptación de Oswin, por lo que no quería seguir teniendo una mala relación con su hermano y mejor amigo. Él no lo merecía y ella tenía que ponerse a buscar un buen esposo antes de que sus padres lo hicieran por ella; estaba claro que Marcus no tenía el más mínimo interés en luchar por al puesto.

El carruaje se detuvo en la puerta trasera de la casa de Janette y Oswin bajó primero, para después ayudar a la pelinegra. Ella se despidió con un suave susurro y entró corriendo a su casa, como si pretendiera meterse bajo tierra con tal de alejarse de ellos.

Si otra fuera su situación, se hubiera preocupado, pero ahora no tenía energía alguna para pensar más de lo debido.

Oswin tardó unos segundos en subir al carruaje, tan pensativo como ella, y ambos respetaron el silencio por el resto del camino, compartiendo el mismo nivel de depresión y angustia al no saber qué demonios harían con sus vidas.

Por los siguientes tres días su hermano no salió de la casa y su amiga tampoco vino de visita, por lo que Bonnie se sintió asfixiada sin saber con quién hablar, pues Oswin no parecía estar muy concentrado en sus obligaciones como para convertirse en su consejero.

El marqués de Normanby seguía frecuentando su casa y ahora su padre era parte de las reuniones de té que tenían con el hombre. Cosa que la asustaba porque eso sólo quería decir una cosa: lo estaba aceptando, para Benjamin el marqués era un partido potencial y no dudaría en emparentarla con él porque fue ella quien rechazó a Marcus en primera instancia y nada de eso habría pasado de ser diferente.

***

—Esto no puede seguir así, Hamilton —declaró Windsor, ladeando la cabeza con un gesto pensativo—. Debes casarte, estás perdiendo tiempo valioso.

—No debes preocuparte. —Todo ese tiempo lo había ayudado a solidificar una amistad con el duque, por lo que se sentía libre de expresarle sus pensamientos—. Estoy preparado para afrontar mi destino.

—Pero yo no quiero que Lisa me odie más de lo que ya debe hacerlo por tu ruina.

—¿Lo haces sólo por tu esposa? —Enarcó una ceja, divertido. Sabía que no era así.

—Claro que no, pero no negaré que tiene algo que ver en esto.

—Dudo poder casarme con alguien —Regresó la vista a sus documentos, recordando a la misteriosa rubia que rechazó hace más de una semana. La sola idea de traicionar a Bonnie hizo que quisiera vomitar, por lo que ahora menos que nunca tenía intención de encontrar una esposa.

—Nada de eso —espetó el duque, moviendo la mano enguantada—. Dame unos días y te buscaré una buena esposa.

Alzó la vista y lo miró, ofuscado. Parpadeó varias veces y separó los labios para darle su opinión respecto al tema.

—Te estaré buscando dentro de poco. —Le dio la espalda antes de que dijera algo y avanzó hacia la puerta de su despacho—. Buscaré una mujer que pueda gustarte y ayudarte al mismo tiempo, confía en mí.

No era que dudase de su buen gusto; es decir, hubo una época donde le gustó su esposa, sin embargo… ¿podría aceptar a otra mujer que no fuera Bonnie?

La francesa había sido rechazada, pero ella no le ofreció todo el dinero que necesitaba, ¿cómo reaccionaría ante una prometida que pudiera salvarlo de la ruina?

Hizo una mueca.

Lo mejor sería dejar ese tema en el olvido, toda la familia Stone estaba al margen de su vida y él aun así seguía rondando con sus pensamientos a Bonnie, algo erróneo después de que fue él quien la rechazó en reiteradas ocasiones; aunque, debía admitir que ella era la única culpable porque lo rechazó desde un inicio, cuando su pasión por ella aún estaba dormida.

Quizá eso fue lo correcto, su inconsciente supo que él no era un buen hombre para ella.

***

Resentida, hastiada y verdaderamente asustada, Bonnie observó el salón de baile por segunda vez mientras bajaba las escaleras.

Las piernas empezaron a temblarle. Era la penúltima velada de la temporada y no había conseguido nada, por lo que la idea de que su padre tuviera a alguien en mente le generaba un escalofrió en la espina dorsal.

Se había enfocado todo un mes en buscar un buen pretendiente; no obstante, todos estaban detrás de su dinero y ninguno había intentado tener una verdadera afinidad con ella aparte del marqués de Normanby, por lo que no había manera que pudiera elegir a alguien que a ella le gustase si la única alternativa era Normanby.

Contuvo su suspiro y miró de soslayo a su hermano, quien había adoptado un comportamiento bastante serio y distante durante el último mes. ¿Por qué? No tenía la menor idea, pero sí sabía que tenía que ver con Janette porque su amiga, desde el día que estuvieron en el club, no volvió a poner un pie dentro de su casa.

Barrió el salón de baile con la mirada y entrecerró los ojos al ver a Mar... lord Hamilton con el duque de Windsor; lo mejor sería hacer de cuenta que entre ellos nunca ocurrió nada y mantener las formalidades por más que odiase no poder llamarlo por su hombre.

Los hombres que alguna vez fueron rivales por una mujer, ahora eran los mejores amigos del mundo.

Sintió enojo, ¿acaso era la única afectada de que su casi relación no haya funcionado?

En efecto, y la risa de Hamilton se lo confirmaba.

Él no sentía el más mínimo interés por ella.

Como era de esperarse, sólo necesitó menos de treinta minutos para que el marqués de Normanby reclamara su atención. Primero bailaron un vals; si... una pieza que hasta ahora no había podido disfrutar con Marcus porque él nunca lo había solicitado o querido así.

—La veo distraída, señorita Stone —comentó el marqués, haciendo que las tripas se le revolvieran, sabía lo que venía—. ¿Le gustaría disfrutar un poco del aire fresco de esta agradable noche?

¡No! Con él no le gustaría hacer nada.

Sonrió con nerviosismo, lista para rechazarlo, y su mirada se encontró con los ojos penetrantes de su padre, esos que le decían que aprovechara cada minuto con el hombre que posiblemente sería su futuro esposo. Se tragó las ganas de vomitar y simulando una sonrisa, que pareció más bien una mueca, asintió sintiendo el ardor en los ojos.

Estaba acabada, su padre ya no seguía con la misma intención de otorgarle la oportunidad de elegir y todo era por su culpa, porque fue ella quien rechazó a Marcus en primera instancia.

La pieza terminó y el primero en salir fue el marqués, por lo que temblorosa se aferró a su vaso de limonada analizando qué le convenía hacer.

—Habla con él —escuchó la tenue voz de su padre y se volvió hacia él—. Me agrada, lo más probable es que anuncie tu compromiso con él antes de que la temporada finalice.

—Pero padre… yo… aún podría seguir participan…

—No —zanjó el barón—. ¿Crees que yo quiero que tengas el mismo futuro de Janette? Esperar es lo peor, los años pasan y uno envejece, mientras menos joven seas menos atractiva serás para los demás y tu valor disminuirá. Te casarás ahora y me darás aquello que llevo anhelando desde hace años, quiero que tengas un buen matrimonio y Normanby se ve más que interesado con la idea de desposarte.

Obligada a guardar silencio y asentir, Bonnie esperó que los invitados se distrajeran y salió tal y como su padre se lo había ordenado. No comprendía la obstinación de Benjamin, pero sospechaba que era un tipo de castigo por provocar que Marcus se alejara de ellos.

Tal como había dicho, el marqués aguardaba en la terraza protegido por la oscuridad. No era un hombre de rasgos feos, al menos su cuerpo no estaba regordete como el de la mayoría de los hombres de su edad.

—Creí que no vendría —confesó sin mirarla, observando el oscuro jardín.

—Dije que lo haría —se limitó a responder con un hilo de voz y el hombre suspiró.

—Querida —quiso vomitar allí mismo—, quiero que sepa que el día de mañana solicitaré su mano en matrimonio y tengo la fe de que su padre va a aceptarme. Se lo cuento porque no quiero que crea que estoy actuando sin tomarla en cuenta; no obstante, usted es maravillosa y nada me daría más gusto que hacerla mi esposa.

Conteniendo las feroces ganas de llorar, Bonnie forzó a la comisura de sus labios a elevarse y se volvió hacia él.

—Lo estaremos esperando —soltó con la voz quebrada, deseando que todo fuera un mal sueño.

Su padre aceptaría a ese hombre y ella… jamás podría rechazarlo si es que no tenía a otro noble dispuesto a desposarla.

—¿Cuento con su aprobación?

—Sabe que eso no me corresponde —soltó con poca fuerza—, es mi padre quien tiene la decisión final.

Ahora… porque antes ella podía elegir.

Siendo tomada por sorpresa el hombre acunó sus mejillas y una lágrima se deslizó por su mejilla al sentir el tacto de sus labios sobre su boca.

¿Vomitar sería de muy mal gusto?

El toque fue rápido —gracias a los santos— y pronto el hombre pidió permiso y se marchó dejándola sola, para que pudiera recuperarse de la noticia. Como sabía que eso tomaría horas, bajó la escalinata y caminó por el jardín por varios minutos, hasta que sus pies se quedaron clavados en un punto exacto dejando que su mente divagara.

¿Estaría mal pedirle a Marcus su ayuda?

Sí. Él se sentiría obligado y si había algo que ella quería era que él se uniera a ella por voluntad propia, no por su sentido del honor.

Pero… ¿podría aguantar una vida conyugal con el marqués?

Se abrazó por el vientre de solo pensarlo.

Nadie podría hacerle sentir todo lo que Marcus causaba en ella, no se creía capaz de perder la cabeza por otro hombre. ¿Era posible enamorarse dos veces? Lo dudaba, pues él estaba tan arraigado a su cuerpo que temía que nadie fuera capaz de quitárselo de la cabeza.

Las ganas de llorar la invadieron, pero no lo hizo. Llorar no iba con ella, o al menos eso había decidido en las últimas semanas. Tenía que ser fuerte y enfrentarse a todo lo que se avecinaba, sólo así sería digna de la felicidad, ocultarse en sus penas la haría más débil y vulnerable al dolor, algo que ella no quería.

No supo cuánto tiempo se quedó allí, pero sólo en ese lugar dejó que sus pensamientos la gobernaran aprovechando ese momento de paz.

***

—¿Está demente? No abordaré a la dama ahora, está sola en un jardín, sólo la asustaré —espetó Marcus, furibundo, y Windsor rodó los ojos demostrándole lo poco que le importaba su repulsión ante la idea de acercarse a Bonnie.

No tenía la menor idea de cómo lo hizo, pero jamás pensó que el duque elegiría a Bonnie como una buena candidata para el puesto de su futura esposa.

—Asaltaste a mi esposa en un laberinto de setos, ¿no esperas que te crea tan digno, verdad? —le comentó con ironía y el color trepó por sus mejillas.

Admitía que no fue considerado con lady Lisa cuando tocó más de lo que debía en su primer encuentro, pero hablarlo con Windsor le parecía que estaba fuera de lugar.

—La señorita Stone no tomará bien que me acerque a ella, odia a los hombres que están en la quiebra, cree que sólo quieren su dote —mintió, en ese momento cualquier excusa era buena.

—¿Crees que sea una de las razones por las que no se casó aún? Es una mujer hermosa, si bien su dote la hace aún más atractiva, no se puede desacreditar su belleza.

Guardó silencio, ella aún no estaba casada porque seguía creyendo en él, pensando que pronto pediría su mano. Algo imposible, porque él era una mala elección para Bonnie y lo menos que quería era perjudicarla.

Tenían que alejarse de ella —aunque la idea de dejarla sola en el jardín no le agradaba—, si Windsor se percataba del anhelo que sentía hacia la mujer, estaba seguro que no lo dejaría tranquilo hasta matar su conciencia y hacer que nada le importase más que poseerla.

El movimiento del cuerpo de su amigo hizo que respingara y casi le lanzó un puñetazo al ver que le había lanzado algo a Bonnie.

—¿Qué demonios haces? —bramó, y Windsor sonrió burlón al ver como Bonnie se encogía por el leve dolor que seguramente el gemelo había causado en su oreja.

Por su bien, esperaba que no la hubiera lastimado.

—Es tu oportunidad, debes ir. —Lo empujó, y ambos empezaron a forcejear como si fueran dos niños pequeños—. No me digas que eres tímido —lo provocó.

Lanzó un gruñido y lo soltó, para después ponerse de pie.

—Tonterías, acabaré con esto de una vez por todas, esa mujer no me tomará en cuenta, no soy un duque ni tampoco un marqués.

Y él ya le había rechazado muchas veces, a estas alturas, Bonnie podría odiarlo tanto como anhelarlo. La sola idea lo llenó de tristeza, pero no dejó que las emociones florecieran en sus rasgos. Ella no era para él.

—Pero según se dice eres encantador. —Le sonrió socarrón y le hizo una seña para que se acercara.

Jamás pensó que ese hombre podría resultarle tan divertido, exasperante y buen amigo. Se acercó sigilosamente hacia Bonnie, esperando que no revelara nada de lo que sucedió entre ellos. Debió haberle dicho a Windsor que se marchara.

—¿Se encuentra bien, señorita Stone? —No supo qué fue lo que la puso tan tensa, si su presencia o el tono tan formal que implementó para dirigirse a ella.

Con la mano aún en la oreja dolida, ella lo miró con los ojos abiertos de par en par. Lo miró alarmada, como si quisiera una confirmación a sus sospechas y él asintió; estaban siendo observados.

—Lord Hamilton —dijo ella, sorprendiéndolo con su perfecta actuación.

Esa era su mu… amiga, siempre preocupándose por los demás.

—Lamento mucho molestarla, sólo escuché un grito y...

—No, no me siento bien.

Marcus fue lo suficientemente inteligente como para permitir que ella se apoyara en su pecho mientras simulaba un malestar. Ambos se conocían muy bien y sabían que todo era una actuación de la rubia. Alzó la mirada en dirección de Windsor y evitó gruñir al ver que le hacía señas para que la abrazara.

¿Acaso lo creía un perdedor en el arte del coqueteo?

Consciente de la grandiosa oportunidad, tembloroso la rodeó en sus brazos para disfrutar de su cercanía y agradable olor a rosas.

—¿Debería llevarla con sus padres?

—¡No!

Tan tierna… ella tampoco quería alejarse de él.

—¿Cómo puedo ayudarla? —Por favor, ella tenía que alejarse, estaban con público y cualquier acercamiento era peligroso.

—Podría llevarme a uno de los asientos que están alrededor de la fuente, el aire en el salón no me sienta bien.

Pero claro… a estas alturas ya debería saber que Bonnie era un peligro andante y nada era capaz de detenerla.

Siguió su petición y cuando la ayudó a sentarse en uno de los bancos de piedras, ella le pidió que se sentara a su lado para tener un momento más íntimo. Eso no estaba bien, Windsor no podía sacar conclusiones acertadas respecto a lo que sucedió entre ellos dos.

—Señorita Stone...

—Puedes decirme Bonnie, Marcus.

Lo estaba acorralando y lejos de molestarlo empezó a preocuparlo. Dirigió una mirada seria hacia Windsor, pidiéndole que se marchara, pero estaba seguro que como castigo por no contarle la verdad él se quedaría de oyente aún escondido tras los setos.

—Bonnie, ¿podría ayudarte en algo?

—Sí —susurró ella y el pánico lo invadió, ¿qué le sucedía a su… amiga? —. Pide mi mano.

—¿Có-cómo? —Las manos empezaron a sudarle, ¡ese tema ya había sido zanjado y aclarado hace mucho!—. Fuiste tú la que me rechazó cuando tu padre se acercó a mí. —Endureció su voz, con eso le informaba que nada de lo que ocurrió después de eso entre ellos podía salir a flote en esa conversación.

Ella comprendió el mensaje.

—No quería obligarte a nada, siempre fuiste un buen amigo y...

—¿Y qué?

Sinónimo de: «cállate, por favor».

No obstante, Bonnie era tan lista que siguió hablando. La rubia ya no le tenía miedo a nada.

—Yo quería que te enamoraras de mí, pero ni bien la temporada dio inicio te alejaste de nosotros.

Muy lista. De verdad lamentaba no poder reclamarla como suya.

—Bonnie, es complicado, te conozco desde que eres una niña y...

—¿No te gusto?

Ella sabía que le gustaba, que la deseaba y anhelaba como loco; sin embargo, seguía impulsándolo a hablar con la verdad, no le bastaba con saberlo, quería oírlo y tal vez, confirmarlo.

Guardó silencio, para luego decir.

—Eres preciosa.

—Cásate conmigo, usa mi dote para salvarte.

¿Por qué oía tanta desesperación en su voz?

—No.

No importaba, todo lo que estaba haciendo lo estaba haciendo por ella y en un futuro se lo agradecería.

—¿Por qué no?

—Porque no te amo como mujer, eres como una hermana para mí y no deseo herirte.

«Porque te amo, quiero que seas mi mujer; pero temo asustarte con todo lo que soy, con lo retorcido que puedo llegar a ser. No quiero decepcionarte, lo mejor es que pienses que entre tú y yo sólo existe un amor fraternal».

Respondió en silencio, dolido por las últimas palabras emitidas.

—Ya veo... —Esta se puso de pie con nerviosismo. Nuevamente era el causante de su dolor—. Al menos lo intenté. —Se removió inquieta.

¿Tan valioso era para ella que llevaba intentándolo tantas veces?

—¿Por qué eres tú la que me lo pide ahora? —No era la primera vez, pero en esta ocasión había algo que lo estaba inquietando, odiaba no poder estar a solas con ella.

Un incómodo silencio brotó en el ambiente.

¿Le estaría escondiendo algo?

—Porque por más que te esperé nunca llegaste y... —pensó en sus palabras y ladeó la cabeza como si hubiera algo que según ella fuera mejor esconderle—. Sólo por eso. —había más—. Gracias por tu sinceridad, Marcus.

Era el mayor de los idiotas y lo sabía, vio como regresaba al salón corriendo y guardó todas sus emociones para que Windsor no las leyera en su semblante.

Él salió de su escondite.

—¿Por qué no me dijiste que no te gustaba? Podría haber buscado a otra.

No le miró.

Nadie era tan perfecta como Bonnie.

—Creo que lo mejor será que acabe con esto, ¿a quién quiero engañar? Jamás me aprovecharía de nadie, mi lugar está en la cárcel de deudores.

Si no era con Bonnie, no sería con nadie.

—¿Conoces a Bonnie? —preguntó con retintín en la última palabra y suspiró.

Tanto que le dolía.

—Fue mi amiga hasta el día que su padre me citó en su casa y ella terminó echándome porque no deseaba casarse conmigo.

Otra mentira.

Él se alejó de ella desde el día que perdió el control sobre su cuerpo y se abalanzó sobre Bonnie como un animal hambriento, lastimándola en el muslo por la fuerza desmedida que implementó en su agarre.

—¿Antes de la temporada?

—Sí, desde que heredé el condado hace unos meses. No me gustó su actitud.

En realidad le dolió haber pensado en tomarla como su esposa y mantener a sus amantes; un acto ruin.

—Pero ya sabes por qué reaccionó como lo hizo.

—Pero no la amo.

¿Cuántos castigos recibiría por decir tantas mentiras?

—Puedes casarte con ella de todas formas.

Una locura, terminaría hiriéndola al no ser capaz de resistirse ante ella.

—¿Tú te casarías con alguien que no amas?

—Es diferente, yo ya tenía a alguien que amaba, no podía pensar en otra si ella seguía soltera. Tú no amas a nadie, por lo que con el tiempo puedes llegar a amarla.

¡Él amaba como nadie sería capaz de amar! Y por eso estaba renunciando a ella. El amor no era egoísta, por más que la quisiera sólo para él, prefería que ella fuera feliz.

—La quiero, es muy buena y no deseo lastimarla. —Ahí iba una verdad que no podía negarse.

—Podría volverse en amor algún día.

O un suplicio para ella

—¿A ti te pasó eso?

—No —dijo con precisión—. Yo amé a Lisa desde el día que la vi, y ni el tiempo cambiará ese hecho.

Suspiró. Si tan sólo fuera un poco más… normal.

—Mejor salgamos de aquí.

—Te invito al club, allí podremos hablar con mayor tranquilidad.

Cuando llegaron al club, Windsor empezó a enumerarle todas las razones por las que debería aceptar a Bonnie; y una de ellas era que no duraría mucho tiempo soltera por su belleza y cuantiosa dote.

Sin embargo, aún le quedaba el consuelo de que Benjamin la dejaría elegir, por lo que ella podría escoger a su futuro compañero de vida. El tiempo pasó y consumió el alcohol suficiente para no perder los sentidos; no obstante, cuando ambos se dispusieron a retirarse, unas risas captaron su atención antes de salir del club.

Era el marqués de Normanby, un hombre de cincuenta y cinco años que la estaba pasando de lo mejor junto a otros nobles mucho más adultos que él. Endureció su semblante, ese hombre estaba interesado en Bonnie, según los rumores su cortejo era bastante formal.

—¿Su padre te aceptó? —preguntó uno de los ancianos cuya voz estaba muy afectada por el alcohol.

—Lo hará, la joven está al tanto de lo que pienso hacer y todos sabemos que Churston quiere un título, así que encantado pagará mis deudas con la dote de su hermosa hija.

Cada músculo de su cuerpo entró en una terrible tensión.

—Ya puedo imaginar al ángel de la temporada en tu lecho.

Era más fácil imaginar al marqués diez metros bajo tierra. Hamilton contuvo el aliento, dado que Bonnie no le dio aquella valiosa información, tendría que conseguirla por sí mismo.

—Con ella no necesitaré ninguna amante, pienso enseñarle todo lo que sé —dijo el marqués maliciosamente y Hamilton se habría abalanzado sobre él para romperle la nariz, pero Windsor se lo impidió.

Ese hombre creía saber respecto al sadismo en el lecho, pero sólo era un enfermo que adoraba torturar a sus mujeres. Bonnie jamás terminaría con él, primero muerto.

—No tiene caso que hagas nada, ya la rechazaste. —El duque tiró de él, y una vez fuera explotó, furibundo, liberándose de su agarre.

—Es un asno, no puede casarse con él. ¿Por qué no me lo dijo? Niña tonta. —Empezó a caminar de un lugar a otro como león enjaulado, maldiciendo que Bonnie no se lo hubiera dicho.

Claro, ella seguramente pensó que si él cedía a su oferta sería por obligación, no porque realmente se sintiera atraído hacia ella. Dios, ¡era una…!

Él era un imbécil, por su culpa Bonnie estaba pasando por todo esto.

—Cásate con ella.

Dejó de moverse y por un largo lapso permaneció inmóvil en su lugar.

¿Qué estaría dispuesto a hacer por Bonnie?

Dejaría todo, se convertiría en un hombre fiel y se olvidaría de todo lo que aprendió en Escocia. Él quería su felicidad y ella no sería feliz con otro que no fuera él, nadie sería capaz de amarla y cuidarla como él lo haría, por lo que no había más que pensar.

—No la dejaré sola —decretó con firmeza—. Debido a que no traje mi carruaje, tendré que pedirte que hagamos una última parada.

Windsor lo llevó hasta la casa de Bonnie y agradeciendo su ayuda, Marcus trepó el muro con agilidad, se infiltró por la puerta de servicio y como todo un ladrón de primera llegó hasta la alcoba que él necesitaba invadir.

Era más de media noche, nadie podría descubrir su allanamiento. La rendija de luz le dijo que fuera cuidadoso y sin hacer ruido alguno, abrió la puerta con cuidado.

Lo primero que vio fue una cama deshecha.

Frunció el ceño, Bonnie no estaba durmiendo. Barrió el cuarto con la mirada mientras muy cuidadosamente cerraba la puerta y el corazón se le encogió al verla sentada frente a la chimenea, abrazada a sus rodillas de espalda a él.

Estaba sufriendo y era su culpa, fue él quien…

—Eres un idiota —casi se tropezó al oír su gruñido y enarcó una ceja al ver que tiraba unas hojas al fuego—. No te rogaré más, puedes irte al infierno. —Más hojas fueron víctimas del fuego—. ¿Quién te crees? ¿Crees que eres indispensable? ¡Pues no!

Se preocupó al ver que ahora era un libro el que se carbonizaba. Esperaba que Benjamin no requiriera de sus libros eróticos nunca más.

—Tendré amantes, obtendré el placer que tú no quisiste darme de otros.

Cualquier atisbo de diversión se borró de su semblante y apretó la mandíbula.

Su mujer, ¿siendo de otros? Casi quiso reírse sin humor alguno; no obstante, todo pensamiento se esfumó al ver que lanzaba un antifaz color oro al fuego, muy llamativo como para ser olvidado.

Importándole muy poco que ella lo descubriera, Marcus avanzó hacia el fuego y escuchando su jadeo, sorprendido, metió la mano al fuego para salvar lo poco que quedaba del antifaz. Por suerte estaba con guantes, por lo que poco pudo sentir del ardor de las llamas. Alzó la máscara, estudiándola con seriedad y el crujido de las ropas le informó que ella ya estaba de pie, lejos de su alcance.

—¿Qué haces aquí? —ladró, malhumorada, y él la fulminó con la mirada.

—¿Qué significa esto? —respondió con otra pregunta, mostrándole el antifaz y lejos de intimidarse, Bonnie alzó la barbilla.

—¿Para qué me preguntas si ya lo sabes? ¿O eres lento de entendimiento?

Separó las manos, mirando al cielo, y se preguntó si algún día podría comprender a esa mujer. ¡Estaba loca!

—¿Quisiste acostarte conmigo? —siseó, furibundo—. ¿Y bajo mentiras? —Ahora la miró con incredulidad. No tenía la menor idea de cómo le estaba haciendo para no gritar.

—Si no quisiste bajo verdades, supuse que bajo mentiras podría funcionar —Se encogió de hombros, retirando la mirada. Dando un salto sobre el diván, intentó llegar hacia ella que se alejó hasta el otro extremo de la alcoba, ahora usando la mesa como protección—. Lárgate, no tienes derecho de estar en mi casa.

Se rio con verdadera diversión, tirando el antifaz al piso. Estaba claro que ese tema quedaría zanjado para Bonnie, por ahora, claro está, pues cuando se casaran él reclamaría una explicación.

—No hace mucho me querías en tu cama —dijo con voz ronca, recorriéndole el cuerpo con la mirada y ella se estremeció, reaccionando inmediatamente a él.

Ya no iba a retenerse, ahora sería él quien la sedujera a ella.

—Pues ahora no. —Endureció su semblante y, sin sorprenderlo, avanzó hacia él, enfrentándolo.

—¿Qué es diferente ahora? —Estiró la mano para tocarla, pero de un manotazo ella se lo impidió.

De acuerdo, hizo que se enojara y ahora tendría mucho trabajo que hacer para mejorar su estado de ánimo.

¿Se lo merecía? Sí, por lo que lucharía sin quejarse.

—Estoy prometida —soltó de pronto, sin expresión alguna en el rostro, y dejó de moverse—. Mi padre ya me lo dijo, seré la marquesa de Normanby dentro de poco.

—¿No te dijeron que las damas no mienten? —Se recompuso con prisa, ella no podía estar prometida, él escuchó al marqués y él no pidió su mano todavía.

Bonnie no le respondió y sin expresión alguna recogió el antifaz y caminó hacia la chimenea para tirarlo al fuego.

—Tienes razón —Se relajó—, pero mañana pedirá mi mano y mi padre se la dará porque el tiempo se venció para mí. No encontré a nadie y él hizo esa tarea por mí.

—Benjamin no…

—Hoy me obligó a salir al jardín con él. —Dado que ella no lo estaba mirando, Marcus volvió a acercarse hasta tener su espalda contra su pecho. La obligó a girarse—. Por eso puedes irte, no tienes nada que hacer aquí.

—Claro que tengo —bramó con histeria—. Tú…

—Él ya me lo dijo, está dispuesto a desposarme y me besó.

Sus manos presionaron los brazos de Bonnie con mayor fuerza y ella jadeó por lo bajo, mirándolo con sorpresa. La soltó, pero acunando sus mejillas la tuvo bajo su cautiverio, desconcertándola.

La yema de sus dedos acariciaron los tibios labios y ella tragó con fuerza, mirándolo con los ojos abiertos con desmesura.

—Pues el marqués se puede ir al mismísimo infierno —gruñó, estrellando sus labios con los suyos.

Saqueó su boca y robó todos los gemidos de su mujer, provocándole un temblor en las piernas que la llevó a depender de los brazos que rodeaban su cintura. Sus manos acunaron sus glúteos y la obligó a enrollar sus piernas en su cadera, sin romper el contacto de su beso hambriento.

La estaba besando, después de meses de poner resistencia al fin sucumbía en el pecado que ella representaba. Bonnie, incapaz de dejarlo ir enredó sus manos en sus mechones y presionó su nuca como si temiera que diera un paso hacia atrás y decidiera alejarse.

Jamás. No volvería a cometer ese error.

La recostó en la cama, inclinándose sobre ella y adoptando la posición deseada, su mano se deslizó por su muslo alzando la tela de la camisola, una prenda que estaba de más.

Liberó sus labios, jadeante, y ella empezó a respirar con prisa, mirándolo con fijeza.

—Puedo ser tu amante, no es necesario que te sacrifiques.

Quiso ahorcarla. ¡Ella no merecía un lugar tan indigno!

—Sí —susurró, levantándole los brazos y con su ayuda la despojó de la única prenda que cometía el crimen de cubrir su desnudez—. Serás mi amante —Bonnie se tensó levemente—, mi compañera, mi esposa y mi mujer en cuerpo y alma. —Volvió a besarla, adorando la entrega de sus besos y abrazos.

Bonnie lo amaba, y pese a todo el daño que le hizo ella seguía dispuesta a perdonarlo.

—Eres mía —susurró entre besos, separándole aún más las piernas, dejándola totalmente expuesta a él.

—Estás seguro, ¿verdad? —Ahora fue ella quien rompió el beso, para mirarlo con fijeza—. Me escondes algo. —Ganó algo de distancia, sentándose aún con las piernas abiertas y permitiéndole deleitarse con el olor de su excitación—. Tienes un secreto y quiero saber cuál es.

La tensión se apoderó de sus hombros y se arrodilló frente a ella, sujetando la camisola que hace poco Bonnie la tenía puesta.

—¿Quieres saber que te escondo? —preguntó con seriedad—. Antes debes saber que te guste o no te desposaré y poseeré. Si no te gusta lo dejaré, pero…

—Dímelo, muero por conocer tu secreto.

—Te lo diré —ella lo miró impacientada—: mi mayor secreto es que no sólo guardo uno, cariño. Son varios.

Ella ahogó una maldición.

—Dime tus secretos.

Sin esperar que ella aceptara, Marcus se cernió sobre ella y le levantó las manos sobre su cabeza para atarlas al cabezal de la cama.

—¿Qué haces? —titubeó y, con las rodillas, la obligó a abrir aún más las piernas mientras la ataba con precisión con la camisola. Cuando la tuvo en su total dominio, gano algo de distancia para verla tendida en el colchón, desnuda y vulnerable a él.

Su miembro golpeó con fuerza, pidiendo su liberación y él aguardó, embebiéndose de la gloriosa imagen.

—Yo... no voy a tomarte —Fue sincero—, si después de esto no quieres saber nada de mí, lo entenderé.

—No creo que eso suceda —le dijo con verdadera dulzura y él se puso de pie, acercándose a la cómoda para tomar dos objetos que llamaron su atención y que le serian de utilidad.

Regresó a la cama y se despojó de sus prendas hasta quedar simplemente con sus pantalones. Para su sorpresa, ella nunca cerró las piernas y él disfrutó de la vista, pasándose la lengua por la boca en reiteradas ocasiones.

Sujetó nuevamente el aceite y el abanico y esta vez los alojó en la mesa de noche.

—¿Qué es aquello que te ator…?

—Guarda silencio —demandó, abriendo el tarro de aceite.

Rosas.

Maldición, eso hizo que su erección creciera.

Mirándola a los ojos, extendió la mano y dejó que el líquido cayera por sus pechos, desplazándose hasta su vientre y perdiéndose en el monte de venus castaño. Ella gimió y tiró la cabeza hacia atrás. Trató de cerrar las piernas, pero él plantó las rodillas para impedírselo.

—No dije que pudieras hacerlo.

Ella no protestó, cosa que le encantó.

—Mírame —ordenó y, con las mejillas sonrojadas, así lo hizo.

Sus manos se desplazaron por sus pechos y acariciándolos, empezó la tarea de regar todo el aceite en el torso femenino, escuchando los gemidos de placer, lastimeros y doloridos de su mujer. Con una ojeada pudo ver que el placer la estaba humedeciendo con violencia, haciéndola implorar por más.

—Me encanta tener el control —confesó, pellizcando sus pezones y ella se arqueó—. Mírame —repitió con un bramido y ella así lo hizo—. No retires los ojos de mí, no me pondré feliz si lo haces.

Estaba siendo duro, pero Bonnie debía conocerlo tal cual era.

—Me gusta jugar, me gusta utilizar sogas, cadenas, pañuelos, fustas y más —empezó a contar, amasando los pechos con mayor ahínco, haciéndola temblar de placer—. Puedo hacer que el dolor se convierta en placer; y el placer en un dolor adictivo —musitó con deleite, viendo la necesidad de un orgasmo en el rostro de Bonnie.

Sus manos bajaron y una se quejó en su vientre, mientras que la otra se deslizó por su monte de venus hasta llegar a la húmeda hendidura. Lejos de cerrar los ojos como había esperado, Bonnie los mantuvo sobre él, estaba aturdida y gobernada por la lujuria.

—No me detengo una vez que empiezo.

—¡Ah! —Se arqueó cuando un dedo la penetró con fuerza y Marcus posó su mano sobre su boca. Ella empezó a gemir, cantando para su dedo bailarín y un segundo se unió al primero, haciéndola contonearse sobre el colchón.

—¿Me detengo? —preguntó con el dolor de su alma y ella negó con prisa, generándole un poco de esperanza. Sin embargo, faltaba lo peor.

Por diez segundos tuvo que abandonarla y con su pañuelo se encargó de amordazarla. Si bien ella no pidió una explicación, él se la dio.

—Estaré muy ocupado con mis manos y no queremos que nadie te escuche gritar —susurró en su oído, mordiendo su lóbulo derecho.

Sus dedos volvieron a enterrarse en ella y clavó las rodillas bajo sus glúteos, para levantarle la pelvis y tener una vista más gloriosa.

—¿Quieres saber más? —Sus miradas se encontraron y ella asintió lentamente.

Con las manos temblorosas sujetó el abanico y se lo mostró, lo extendió y, rozando sus pezones con el mismo, descendió por el vientre mientras sus dedos la penetraban con lentitud, haciéndola gemir por lo bajo.

—¿Abre las piernas? —ordenó, y ella sollozó con delirio al percatarse que no podía moverlas. Entones lo hizo, un golpe resuelto retumbó en su monte y ella se arqueó, ahogando un grito de placer.

Las piernas se abrieron, ¿cómo? No tenía la menor idea. Sus dedos se humedecieron más, dándole la bienvenida a un tercero y los músculos se le relajaron, a su cuerpo le gustaba lo que estaba haciendo, pero ¿qué estaría pensando ella de él?

El golpe llegó a sus pezones, a su vientre y a sus nalgas, provocando un orgasmo que lo dejó helado por la intensidad de su explosión.

Con la respiración agitada, recordando a la mujer, y dejando de observar el cuerpo tembloroso, Marcus le quitó el pañuelo y con el cuerpo sudoroso se inclinó sobre ella para desatarle las manos.

Tenía que parar, ya le había demostrado lo importante y quizás ella estaría asus…

—Acepto —La voz melodiosa lo dejó frío y no supo cómo interpretar que lo abrazara por el cuello. Sus miradas se encontraron y ella sonrió, estirando el rostro para unir sus labios con suavidad—. Amo lo que eres y esto sólo me dice que ahora debo amarte más;

eres único, Marcus —susurró sobre sus labios, generándole un violento temblor en el cuerpo.

—¿Estás segu…?

—Desde el primer día que me encadenaste en tu despacho sabía que me gustaba esto. Pensé que fue tu molestia por el matrimonio de lady Windsor el que te llevó a actuar así, pero veo que ese día me mostraste mucho de ti.

¿Qué? ¿Su despacho?

El recuerdo del sueño prohibido llegó a él y la miró con fijeza.

—Sí —confesó sin arrepentimiento—. Lo hice, entré a tu casa y aproveché tu estado de ebriedad y no me arrepiento, gracias a eso averigüe más y pude tenerte como tanto quería.

Se frotó el rostro con una mano, mirando por varios segundo el cabecero de la cama y luego la observó a ella, quien lo abrazaba con las piernas por la cadera para impedir su marcha.

—Soy un imbécil —susurró con voz suave—. He perdido tiempo valioso.

La sonrisa de Bonnie creció.

—Lo eres, fueron muchos meses…

—Años —soltó de pronto, dejándola muda—. Otro secreto: te amo desde el primer día que te vi, fuiste mi fruta prohibida.

—Marcus… —lo miró con sorpresa—, ¿por qué nunca…?

—Porque no tenía un título que ofrecer y tu padre quería uno.

—Pero luego…

—Otro secreto: el día que te besé sé que te lastimé, y mi temor a no poder controlarme me obligó a renunciar a ti.

—¡Eres un idiota! —Lo empujó por el pecho y Marcus rápidamente se puso de pie, siguiéndola—. No puedo creerlo —susurró, encarándolo y le fascinó verla desnuda en medio de la habitación.

Avanzó hacia ella.

—Todos tus secretos no hacen más que enamorarme más —espetó con frustración y él la envolvió en un fuerte abrazo.

—Perdóname, soy un cobarde.

Ella le respondió el abrazó.

—Sólo te perdonaré si me haces el amor dura y salvajemente.

No pudo contenerse y lanzó una risotada.

—Eres perfecta —Retiró los mechones rubios tras las orejas femeninas y ahogó un gemido cuando ella abrió sus pantalones y sujetó su miembro entre sus manos.

—No es un buen momento para halagos, me debes muchos orgasmos —susurró, un sonido lleno de promesas, y tomándola en brazos la llevó a la cama.

—Hay un problema —comentó mientras la dejaba tendida entre las suaves sábanas y ella frunció el ceño.

—¿Otro?

—Sí. —Terminó desnudo, recostándose junto a ella y la envolvió con los brazos—. No quiero hacerte el amor dura y salvajemente. Quiero darte una primera vez tierna, amorosa y gloriosa. Llenarte de besos, caricias y palabras hermosas. ¿No deseas algo así?

—Supongo que lo de dura y salvajemente puede esperar — musitó, como si estuviera considerando sus opciones y Marcus sólo se enamoró más de su mujer.

Buscó su rostro, encontrándose con el mohín que tanto le gustaba y lo atrapó con suavidad entre sus labios, degustando así de un beso suave y delicado con su futura esposa. Rodó sobre la cama, quedando sobre ella y la intensidad del beso aumentó, mientras sus pelvis se rozaban con ansiedad inquietante.

—Te amo —musitó sobre sus labios y ella sonrió.

—Yo también.

—Y ahora olvidemos lo que dije hace unos segundos —soltó de pronto, acomodando su glande en su entrada—. He cambiado de opinión, quiero tomarte dura y salvajemente por el resto de la noche.

Ella carcajeó roncamente, abriéndose aún más para él.

—Después de nuestra boda quiero jugar con las cadenas.

Y sabiendo que acababa de unir su cuerpo y alma a la mujer de su vida, Marcus dejó que la noche se convirtiera en su aliada, disfrutando así cada minuto junto a su futura esposa, la mujer más atrevida que alguna vez llegó a conocer.

Siendo visitados por la luz del sol, Marcus lanzó un suspiro de frustración y se puso de pie.

—¿A qué hora vendrás? —inquirió ella, estirándose sobre el colchón y él sonrió.

Eran las cinco.

—Estaré aquí a las ocho, ponte hermosa —le guiñó el ojo y ella sonrió.

—No debo hacer mucho —jugueteó y antes de marcharse, Marcus se inclinó sobre ella y le regaló otro tierno beso.

—Te amo.

—Yo también —confesó con un sonrojo en las mejillas y sin poder quedarse más tiempo, abandonó la casa con prisa.

Sin embargo, antes de trepar el último muro, una voz hizo que se quedara quieto en su lugar.

—Usar la puerta es más digno de un conde, y yo podría prestarte un carruaje.

Se volvió hacia Oswin y sólo pudo sonreír al detectar su sonrisa de aceptación. La paz entre los dos estaba declarada.

—La amo —dijo antes que nada y él asintió.

—Lo sé.

—La haré muy feliz.

El rubio asintió.

—¿Qué haces despierto tan temprano? —inquirió y su amigo suspiró.

—Espero.

—¿A quién? —inquirió.

Él le hizo una seña con la cabeza y ambos salieron de la propiedad, para hablar en el carruaje.

—No eres el único que pedirá la mano de su amada.

Abrió los ojos de par en par.

—¿Le pedirás matrimonio a Janette?

Asintió.

—Te tardaste unos cuantos años —comentó y su amigo bajó la mirada.

—Yo... cometí un error —Se pasó la mano por el rostro con frustración y Marcus se preocupó.

—¿Qué pasó?

—No quise desposarla después de…

Maldición.

—¿Y ella te dijo algo?

—Nada.

Esto era un tema serio.

—¿Pero se encontraron?

—Supongo que ella me esperó, pero yo nunca llegué. Hay algo que siempre me impide volver a su casa.

Al ver tal depresión en el rostro de su amigo, Marcus hizo lo que le pareció más correcto.

—¿Qué tal si usamos estas horas para hablar un poco?

Y eso bastó para que descubriera como fue que Bonnie llegó al club, inventando una historia y como era que el marqués estaba tan seguro de que Benjamin le daría su bendición. El tiempo pasó y cuando dieron las siete, él le confesó que a las ocho debía estar en su casa, por lo que lo animó a aventurarse ahora por aquello que llevaba retrasando durante años.

—¿Tú de verdad crees que nunca fui por ella? —inquirió Oswin, con verdadera tristeza y Marcus se confundió—. Claro que lo hice, pedí su mano en su tercera temporada, pero el conde de Warwick no creyó que fuera un buen pretendiente para su adorada hija. Me echó de su casa.

—¿Ella lo sabe?

—No. ¿Crees que me gustó ser rechazado? Sé que mi padre no tiene la mejor reputación, pero nunca hizo nada que pudiera considerarse un delito; trabajó, sí, y por eso nos condenaron.

En ese preciso momento odiaba al conde de Warwick.

—Lamento decirte que eras un cobarde, todo este tiempo pensé…

—No fuiste el único —aclaró con amargura y Marcus adoptó una mejor posición.

—Ahora todo es diferente, Oswin. Ella sigue soltera, es tu mujer y el conde no podrá hacer nada para impedir su unión.

Él asintió y a los cinco minutos estuvieron llamando a la puerta de la mansión de los condes. El mayordomo los recibió, estaba un poco alterado y nervioso, pero de todas formas los dejó ingresar mientras les pedía unos minutos para ir por su señoría.

Entonces ambos se confundieron al ver a los condes bajando con el doctor Wilson y su aprendiz Brown. Estaban muy serios e inquietados.

—¿Está seguro de lo que dice?

Ninguno se percató de su presencia.

—Sí, lord Warwick, lady Morrison está encinta.

—¿Cómo? —Oswin dio un paso al frente y Marcus imploró que todo terminara bien esa mañana, el conde no era un hombre muy agradable.

Los condes frenaron en seco, mirando horrorizados al público y el mayordomo despachó al doctor con prisa temiendo perder su trabajo.

—No te metas en esto, Stone, la vida de mi hija no es asunto tuyo —espetó el anciano con rudeza y Oswin, lejos de cohibirse dado que pensaba pedir la mano de la hija de ese hombre, alzó el mentón.

—Claro que lo es —decretó con fuerza y Marcus observó hacia arriba, viendo a una sorprendida y demacrada señorita Morrison mirando la escena desde el segundo piso—. Más si esa criatura es mía.

La condesa mostró un gesto de alivio —porque eso libraba muchos escándalos—, pero el conde se rehusó a tomar bien la noticia.

—¡Eres un desgraciado! —bramó el hombre, fuera de sí—. Te lo dije hace años, jamás bendeciré dicha unión, permití que siguieras siendo amigo de mi hija sólo porque no le dijiste que rechacé tu oferta de matrimonio. Pero estás muy equivocado si crees que lo permitiré ahora sólo porque un bastardo está en camino.

La condesa jadeó, claramente sorprendida ante la noticia de que su hija había recibido una propuesta de matrimonio, y Marcus elevó levemente la comisura de sus labios.

—¡No llame así a mi hijo! —bramó Oswin, avanzando hacia el conde—. Me casaré con Janette, usted no va a impedirlo.

—Claro qu...

—No.

Todos se volvieron hacia la pelinegra, quien estaba aturdida y algo pálida por la noticia, y su madre la abrazó por los hombros.

—Ves, Stone, mi hija jamás va a aceptarte.

Oswin tragó con fuerza, mirando a Janette, y Marcus pudo respirar tranquilo al ver como la mujer corría hacia él para recibir su abrazo. El rubio sonrió, exteriorizando su felicidad y besó su coronilla con delicadeza, temiendo hacerle algún daño.

El conde enmudeció ante la escena y permaneció quieto en su lugar, escuchando el suave llanto de su hija.

—Sácanos de aquí, Oswin —pidió ella, abrazándolo con mayor fuerza—. Debiste habérmelo dicho, yo me habría ido contigo desde un principio sin importar nada.

El rubio suspiró, aliviado de saberse correspondido y miró al conde, quien pronto se vio apenado y… arrepentido, claramente arrepentido por todo el daño que había causado.

—Quiero casarme con su hija —acertó a decir, incapaz de pasar por alto la autoridad del padre de Janette.

El conde boqueó.

—Que sea pronto —susurró con hilo de voz, como si recién hubiera visto todo el daño que le causó a su hija después de años de soledad y soltería que pudo haber acabado desde un principio.

La condesa suspiró aliviada y con una sonrisa y se acercó a Janette.

—Debes descansar, cariño, sir Stone vendrá más tarde y…

—¿Puedo hablar con él unos minutos? —pidió, mirando a su padre, y el conde asintió.

Marcus comprendió que no tenía nada más que hacer allí y abandonó la propiedad de los Warwick para dirigirse a la suya y arreglarse con prisa. Ese día parecía ser uno maravilloso, los problemas se estaban solucionando uno a uno.

***

—Lamento no haber venido antes, amor mío —espetó Oswin, manteniéndose de rodillas frente a ella, dado que estaba sentada en el sofá y Janette asintió, acariciando su rostro donde la barba incipiente se asomaba.

—¿Por qué nunca me lo dijiste? Yo… nunca supe que pediste mi mano —comentó con voz rota y él se puso de pie, instándola a hacer lo mismo para luego sentarla en su regazo y abrazarla por la cintura y apoyar la mano en su plano vientre.

—Tu padre no me creía un buen candidato, no quise que te pusieras en su contra o descubrir que tú pensabas lo mismo que él.

—Eres un idiota. —Sorbió su nariz—. Eres el único hombre para mí.

Besó sus manos con desesperación y volvió a abrazarla con mayor fuerza.

—Lamento mucho todo el daño y los días de angustia que generé en ti, no sabía cómo reaccionaría tu padre a otra petición de mano y la idea de ser rechazado me dolía.

—Bueno… —susurró ella, acurrucándose en su pecho y él sintió que el aire volvía a sus pulmones—. Estás aquí y eso es lo que importa.

—Conseguiré una licencia especial.

Ella asintió.

—Perdimos muchos años —susurró con tristeza y Oswin acarició su pálida mejilla, para luego hacer que lo mirara a los ojos.

—Lo importante es el ahora. —Le sonrió con ternura y, tímidamente, ella estiró los labios para pegarlos con los suyos.

Tierno, inocente y delicioso; todo lo que era su mujer.

De acuerdo, ella sólo era deliciosa. No iba a mentirse. La ternura e inocencia nunca vivieron en ese maravilloso y perfecto ser.

—Ahora sólo queda Bonnie —Se apoyó en su hombro, preocupada por su hermana y él se sintió el hombre más afortunado del mundo; esa mujer amaba a su familia.

—Ella también se casará con Hamilton, no te preocupes.

—¡¿De verdad?! —De un salto se puso de pie, entusiasmada y él asintió—. ¡Tenemos que hacer una boda doble!

Era una buena idea, más tomando en cuenta que su hermana y Hamilton tenían prisa por los acontecimientos de la noche anterior.

Aunque ellos la tenían más, su hijo no formaría parte de ningún escándalo.

—Estoy segura que tú y Bonnie tendrán tiempo de sobra para prepararla pese a que será en una semana.

Janette asintió.

—¿Sabes? Espérame, iré a prepararme e iré contigo a tu casa. No me perderé ningún detalle y además extraño a todos, necesito verlos.

Oswin hizo una venia perfecta.

—Yo te espero, amor.

Ella volvió a besarlo, esta vez de una manera más candente, y con una sonrisa en el rostro la vio marcharse.

Era, definitivamente, el mejor día de su vida.

Al fin tendría la familiar que siempre quiso.

***

Silencio.

Silencio.

Y más silencio.

Intercambió una mirada con Bonnie y ella lo miró con nerviosismo, casi suplicándole que luchara si fuera necesario.

Benjamin suspiró, manteniendo la calma y clavó la vista en él, para luego desplazarla hacía su hija.

—Creí que tendría que ponerte una pistola en la cabeza, muchacho —soltó el hombre, mucho más relajado y ambos parpadearon, sorprendidos.

—¿Cómo? —dijeron al unísono y el barón sonrió.

—Si él no venía por las buenas una vez que corriera el rumor de que el marqués te desposaría, yo mismo habría ido a Marcus para obligarlo a pedir tu mano de alguno u otro modo.

Se relajó al mismo tiempo que ella lanzaba un gritillo de felicidad y asintió más tranquilo, permitiendo que sus pulmones hicieran nuevamente su trabajo. Por un momento pensó que Benjamin no le daría una oportunidad. Dios, estuvo pensando hasta como secuestrar a Bonnie en caso de que eso ocurriera.

—Tienen mi bendición, siempre la tendrán y no veo la hora de verlos casados.

Marcus entrelazó su mano con la Bonnie y ella le sonrió con ternura.

—Necesitan una licencia especial —comentó, revisando unos documentos y ambas parpadearon, confundidos—. ¿Acaso no lo saben? Oswin se casará con Janette en una semana y quiero que sea una boda doble, así que pónganse en marcha.

El barón se puso de pie, alegando que tenía algo importante que hablar con su esposa y cuando estuvieron solos en el despacho, ambos se incorporaron y Marcus pudo alzar en vilo a su mujer para hacerla girar en el aire mientras festejaban los últimos acontecimientos.

—¿Estás feliz?

—En verdad eres un hombre de poco entendimiento —comentó con diversión y él carcajeó.

—Me cuesta creer que todo haya terminado… así —confesó.

—Creo que escondiste tan bien tus secretos que a la hora de asimilar que los tenías el miedo te robó tu buen juicio. Eres maravilloso, no cuentas con ningún defecto.

—Puede ser —convino con un asentimiento—. Pero eso es lo de menos, ahora no existen y puedo estar contigo.

—Claro que existen —Lo abrazó por el cuello, sonriéndole con picardía—, pero soy la única que conoce los secretos del conde, así que nadie más puede saber de esto.

Él asintió. Oswin sólo sabía uno, no conocía los demás así que Bonnie seguía siendo la única.

—Eres la mujer más maravillosa que pude haber conocido.

—Mmm… —se deleitó con sus palabras—. Este compromiso podría mejorar mi estado de ánimo.

Él chasqueó la lengua.

—Soy yo el que lo mejorará.

Sus miradas danzaron con picardía y sus labios se encontraron con regocijo, lanzándose promesas que prontamente serían cumplidas.

Epílogo

—Sólo haz lo que te dije —siseó y Oswin lo fulminó con la mirada, para luego sonreír a los invitados.

—Recuerda que no podemos movernos, ¿cómo puedo hacerlo? —farfulló y Marcus miró entre la multitud del jardín, temiendo lo peor.

—Tenemos que encontrarlas. Caleb les dio su regalo de bodas, curiosamente sólo a ellas, y no me quiero imaginar qué hizo el escocés desgraciado y depravado.

—No creo que sea nada malo —comentó Oswin, buscando alguna manera de quitarse a algunos invitados de encima y Marcus ladeó la cabeza.

No estaba seguro de ello. Caleb lo miró con orgullo, sí, pero también con diversión; era sabido que era un hombre bastante extrovertido y por lo que Oswin le contó él ya conocía a Janette, quien le habló un poco de Bonnie y por ende él sabía que las dos mujeres estaban locas.

Él adoraba a las mujeres locas.

Asintió.

Tenía que comprobar con sus propios ojos qué fue lo que Bonnie recibió.

Ambos pidieron permiso, alegando que irían por sus esposas y se adentraron a la propiedad con el fin de encontrarlas en alguno de los salones. Los invitados estaban en el jardín, por lo que seguramente ellas huyeron inteligentemente para ver qué les había regalado el escocés.

Las risas femeninas llegaron a sus oídos y ambos intercambiaron una rápida mirada.

—En la biblioteca —espetó Marcus, quien conocía la distribución de su casa y ambos emprendieron marcha para llegar a sus mujeres.

—Estoy preocupado —confesó Oswin, quien al parecer ya estaba agarrando concepto y Marcus sonrió.

—No puede ser tan malo.

Esperaba.

—¡Ya te dije que el mío es más grande!

Ambos pararon en seco. ¿Por qué Bonnie se oía tan excitada con sus palabras?

—Ah, pero el mío es más ancho —agregó Janette con suficiencia y con movimientos resueltos abrieron la puerta de la biblioteca, encontrando a ambas mujeres, cada una, con un palote en la mano, extendiéndolo a lo alto como si fuera un trofeo.

El músculo debajo del ojo le tembló.

Un palote… ¡ese desgraciado le había regalado un palote a su mujer!

Él era más que suficiente para darle placer.

—Dame eso —bramó Oswin, abalanzándose sobre su mujer y esta lo esquivó con prisa, escondiendo su nuevo juguete —prontamente favorito—, detrás de su espalda.

—Es mío —ladró como todo un sabueso dispuesta a proteger a su cachorro.

Bonnie, quien lo miró sorprendida, lejos de esconder su nuevo palote se acercó a él.

—No te lo quitaré —soltó con un resoplido y su sonrisa la hizo brillar aún más—. Pero yo también jugaré con él y contigo —susurró en su oído y ella se estremeció.

—Es una promesa —ronroneó con picardía y se dieron un tierno beso, escuchando la acalorada discusión de la otra pareja.

—Estás celoso porque es más grande que el tuyo —siseó Janette.

—¿Es que estás ciega? No es ni la mitad del mío.

Ambos rodaron los ojos y con una sonrisa traviesa abandonaron la estancia para dirigirse a su nueva alcoba, un lugar que pronto conocería los secretos de los condes.

Fin

Nota de autora.

Querido lector:

Quiero agradecerte por el amor que le diste a Hamilton en Aliados del amor, si no hubiera sido por tus comentarios, este libro jamás hubiera sido creado. Espero este texto te haya robado más de una sonrisa como lo hizo conmigo mientras lo escribía, Bonnie y Marcus, al igual que Oswin y Janette, siempre serán especiales para mí.

Próximamente la historia del duque de Beaufort estará siendo publicada, como saben Los secretos del conde es un 1.5 dentro de la saga "Libertinos Enamorados".

Para obtener mayor información de mis historias, te invito a seguirme en mis redes, donde podrás encontrarme como:

VANNY FERRUFINO.

CPSIA information can be obtained
at www.ICGtesting.com
Printed in the USA
LVHW032337020420
652092LV00003B/525